Regine Wagenknecht
Unheimlich schön

AF140137

Zum Buch:

„Sie wollten anfangs nur für drei Tage verschwinden.
Alle wollten mitmachen. Bald aber gab es Einwände.
Was bringt das, es wird nur für kurze Zeit Aufregung
und Empörung geben, und alles bleibt beim Alten. Die
Enttäuschung war groß. Da hatte Jan die Idee mit den
Botschaften, in Abständen drei Botschaften an die Öffentlichkeit richten, nur das würde Sinn machen. Aber
das würde auch bedeuten, dass sie länger wegbleiben
müssten."

Zur Autorin:

Regine Wagenknecht hat lange Jahre an einem Göttin-
ger Gymnasium Jugendliche beim Lernen und Leben
begleitet und mit drei Büchern Deutsch-Italienisches
von verschiedenen Seiten beleuchtet.
Italienische Lyrik der Gegenwart. Verlag C.H. Beck, Mün-
chen 1980.
Judenverfolgung in Italien 1938-45: „Auf Procida waren
doch alle dunkel". Parthas Verlag, Berlin 2005.
Ein Treffen in Venedig. Books on Demand GmbH, Norderstedt 2010

Regine Wagenknecht

UNHEIMLICH SCHÖN

©2015 Regine Wagenknecht
Gestaltung und Satz: Regine Wagenknecht
Umschlagfoto: Mauerbild im Cheltenham Park Göttingen
Herstellung und Verlag
BoD - Books on Demand, Norderstedt
ISBN 978-3-7392-1183-1

Prognose

Der Versuch
die Menschen
zu retten
vor den Folgen
ihrer Lieblosigkeit
wird scheitern
an den Folgen
ihrer Lieblosigkeit
wenn sie
die Ursachen
ihrer Lieblosigkeit
nicht
erkennen

Erich Fried aus „Und nicht taub und stumpf werden.
Unrecht Widerstand und Protest." 1984

Für Liad

Ein heftiger Windstoß peitschte den prasselnden Regen, fuhr in eine Pfütze und trieb das Wasser bergauf, für einen Augenblick nur, dann bahnte es sich einen Weg zurück, bis die nächste Böe kam und ein Rinnsal sich wieder leicht zitternd aufwärts bewegte.

David Broch schaute vom Fenster seiner Wohnung fasziniert auf das kleine Naturschauspiel. Sein Sohn Jan hatte dafür keinen Blick, er starrte durch den Regen auf das sich breit erstreckende graue alte Schulgebäude auf der anderen Straßenseite, so als müsse er die Schule bewachen, und nicht sein Vater, der streng genommen hätte dort sein müssen, um seine Frühaufsicht wahrzunehmen. Der Sechzehnjährige schien sich sehr zu sorgen, dass die weiten Flure unbeaufsichtigt waren, er drängte den Vater, es sind doch nur ein paar Schritte über die Straße, dann bist du gleich wieder im Trockenen. Ein paar Schritte? Ein paar Schritte reichen bei einem derart wirbelnden Regen, um nass zu werden bis auf die Haut, auch unter einem Schirm. Kein vernünftiger Mensch setzt sich ohne Not einem solchen Unwetter aus. Es wird auch noch niemand in der Schule sein, nur der Hausmeister, schau, da ist er, er muss die mächtige Eichentür wieder schließen, weil der Regen eindringt, der Regen, der nicht aufhören will, schau doch nur, wie sich die Straße in einen Bach verwandelt hat. Ja, ein Bach, sagte der Sohn und starrte weiter auf die Schule. Der Vater gab es auf, seine Beobachtungen mit dem Sohn teilen zu wollen. Er sah zu, wie die Pfütze auf dem Bürgersteig sich immer weiter ausbreitete, zu einem braungelben Teich wurde. Der Wind fuhr nicht mehr hinein, und da, wo die prallen glitzernden Regenketten auf die nun glatte Wasserfläche auftrafen, bildeten sich immer von neuem kleine Strudel.

Vor der sorgfältig beschnittenen Buchsbaumhecke, die den schmalen Streifen Rasen zwischen dem Bürgersteig und der Vorderfront des Gymnasiums vor unbefugtem Betreten abschirmte, näherte sich eine Gestalt auf einem Fahrrad, die allein schon dadurch auffiel, dass sie dem Wetter trotzte. Außerdem war sie vermummt, mit einer Regenhose und einer Regenjacke, deren Kapuze kaum etwas vom dem Gesicht sehen ließ. Noch dazu folgte ihr ein Hund.

Ein Unmensch, der das Gebot missachtet, da jagt man doch keinen Hund hinaus, und dieser Hund, ein schwarzer mit vier weißen Pfoten, sah in der Tat ganz erbärmlich aus, mit dem nassen Fell. Er musste draußen an einer der beiden Säulen neben der Eingangstür sitzen bleiben, während sein missratenes Herrchen das Rad an die Hauswand lehnte, die schwere Schulpforte einen Spalt öffnete und hinein schlüpfte. David Broch war sich sicher, dass es sich um ein männliches Wesen handelte, aber wer ist es, fragte er mehr sich als den Sohn, ich habe den Hund schon einmal gesehen, schwarze Hunde mit vier weißen Pfoten gibt es nicht so oft.

8

Weißt du, dass mein schwarzer Hund gestorben ist, als ich siebzehn war, an Lungenentzündung, ich habe es zu spät gemerkt. Nun werde auch ich dem Regen trotzen und den zitternden Hund abtrocknen, mit einem alten Handtuch, wir haben doch irgendwo alte Handtücher?

Während der Vater noch ein für seinen Samariterdienst geeignetes Tuch suchte, sah der Sohn vom Fenster aus, wie der frühe Schulbesucher wieder heraus kam, den Hund streichelte, sich umsah und dann wegradelte, der Hund hinterher. Es hatte aufgehört zu regnen.

In dem Moment trat die Lehrerin Anna Herzberg zum zweiten Mal an diesem Morgen aus der Haustür. Beim ersten Mal wusste sie nach wenigen Schritten, dass sie umkehren und sich umziehen musste, da die Kleidung auf der linken Seite ihres Körpers völlig durchnässt war. Sie hatte, anders als ihr Kollege Broch, auf den Schutz eines Schirms vertraut und das Zusammenwirken von Regen und Wind unterschätzt.

Die Lehrerin Herzberg konnte es nicht mehr schaffen, pünktlich in der Schule zu sein, und sie bedauerte, dass sich die Doppelstunde Englisch in der Klasse 10a um mindestens zehn Minuten verkürzen würde. Manch andere Lehrerinnen und Lehrer freuten sich sicherlich insgeheim über die Verzögerung infolge des Unwetters, besonders diejenigen, die sich willentlich einen Unterrichtstag leichter machen, indem sie zu spät kommen oder die Stunde früher schließen. Eine bemitleidenswerte Kollegin, die kurz vor der Pensionierung stand, war oft zehn Minuten und mehr nach dem

Läuten streunend in leeren Fluren anzutreffen. Wenn sie dem Direktor begegnete oder einer anderen Person, die berechtigt war, während der Unterrichtszeit nicht vor einer Klasse zu stehen, sagte sie fast flehentlich, ich suche meine Klasse, ich suche meine Klasse.

Frau Herzberg gehörte nicht zu der anderen Kategorie, zu den Ordnungsbesessenen, den Übereifrigen, die mit dem Gongschlag die Tür ihres Klassenraumes öffnen und jeden auch nur eine Sekunde zu spät kommenden Schüler mit einem strafenden Blick bedenken. Für sie war Pünktlichkeit eines Übergeordneten eine Geste der Höflichkeit. Pünktlichkeit ist die Höflichkeit der Könige heißt es ja, dabei war sie weit davon entfernt, die Klasse wie eine Königin zu beherrschen.

An diesem Tag bedauerte sie ihre Verspätung vor allem deshalb, weil sie sich auf den Unterricht in der 10a wie fast immer gefreut hatte, auf das Thema der Stunde, das die Schülerinnen und Schüler selbst gewählt hatten: Martin Luther King und der Marsch der Bürgerrechtler 1963 nach Washington.

Als Frau Herzberg leicht außer Atem im dritten Stock die Klassentür öffnete, sah sie nur leere Stühle, leere Tische. Sie blieb stehen. Hatte sie sich im Raum geirrt? Sie legte ihre Tasche auf einem Tisch nahe der Tür ab, holte ihren Lehrerinnenkalender heraus und blätterte zu dem Stundenplan: Dienstag, erste und zweite Stunde, 10a im Raum 312. Sie trat vor die Tür. Natürlich war es der Raum 312. Wahrscheinlich hatte sie, die Lehrerin, die doch alles wissen sollte, ein Mitteilungsblatt in ihrem immer überfüllten Fach nicht gelesen und es war kurzfristig eine Sonderveranstaltung in der Aula angesetzt worden. Oder war es gar der Tag der Bundesjugendspiele? Als sie zurück in die Klasse ging, um ihre Tasche zu holen, fiel ihr Blick auf die Tafel an der Frontseite des Raumes. Dort stand in großen Lettern WE HAVE A DREAM: NO MORE FAST SCHOOLING!

Anna Herzberg setzte sich und sagte leise vor sich hin, danke für den Morgengruß! Keine Hetze, keinen Druck mehr, weder auf euch noch auf mich, das wäre auch mein Traum.

Wer hat das geschrieben? Am frühen Morgen muss jemand von euch schon hier gewesen sein, denn die Frauen der Reinigungskolonne wischen doch immer sorgfältig die Tafeln sauber. Wo seid ihr nur?

Den Gedanken, dass ihre Lieblinge nicht zu ihrem Unterricht erscheinen würden, ließ sie noch nicht zu. Sie nahm ihre Tasche und eilte hinunter in den ersten Stock zum Lehrerzimmer, holte den Papierwust aus ihrem Fach, blätterte ihn schnell durch auf der Suche nach der Ankündigung einer Sonderveranstaltung, schaute nach, ob es Änderungen im aktuellen Stundenplan gab. Nichts. Sollte das bedeuten, dass die Klasse einfach verschwunden war?

Manche Lehrerinnen oder Lehrer fühlen sich in einer solchen Situation verletzt, weil sie annehmen, dass die Aktion – hier das Schwänzen des Unterrichts – gegen ihre Person gerichtet sei. Wenn die Lehrerin Herzberg nun zweimal hinter einander in dem leeren Lehrerzimmer sehr laut sagte, das dürfen sie mir nicht antun, so entsprang die Äußerung nicht der Annahme, dass die Abwesenheit der Schülerinnen und Schüler ein

Affront gegen sie, die Lehrperson sei, sondern der Vorahnung, welche Unannehmlichkeiten nun auf sie zukommen würden. Die erste war der nun fällige Gang zur Schulleitung, sie scheute ihn, aber es blieb ihr nichts anderes übrig. Im Sekretariat traf sie auf den Direktor, sagte atemlos, meine Klasse ist verschwunden.

Aber, liebe Frau Kollegin, eine Klasse verschwindet doch nicht so einfach, Sie haben sie sicher nur am falschen Ort gesucht. Das nachsichtige Lächeln des Direktors, das sie in die Kategorie „Ich suche meine Klasse" einzuordnen schien, brachte sie leicht aus der Fassung.

Nein, sie ist weg, sagte sie etwas zu laut.

Aber, Frau Kollegin – er sah sie an, als sei sie ein Kind, das sich verlaufen hat – wir suchen jetzt gemeinsam nach der Klasse. Im Flur schaute er durch eines der hohen alten Fenster auf den Schulhof. Da strich nur eine dicke getigerte Katze herum.

Jetzt gehen wir zu dem Raum 312, sagte der Direktor.

Aber da war ich doch, da sind sie nicht.

Vier Augen sehen mehr als zwei.

Vier Augen werden die Leere nur verdoppeln. Anna Herzberg wusste gleich, dass sie etwas sehr Dummes gesagt hatte.

Es ist nicht immer leicht auf eine unangebrachte Äußerung eines Vorgesetzten angemessen zu reagieren, besonders, wenn die Anspannung zu groß ist wie bei Frau Herzberg, die nun, klein und schmächtig, dunkler Lockenkopf, eine Stufe hinter ihrem Direktor, klein und rundlich, weißer Lockenkopf, in den dritten Stock hinaufstieg. Sie blieb immer weiter zurück, nicht, weil sie von dem wiederholten Hinauf und Hinunter schon erschöpft war. Ihr fehlte nur der Ansporn, wieder in den Raum 312 zu gehen und auf die Leere zu schauen, für die der Direktor nach einem Blick in den Klassenraum, ohne die Schrift auf der Tafel wahrzunehmen, schnell eine Erklärung fand.

Sie sind zu spät gekommen, Frau Kollegin, wohl fünfzehn Minuten, schätze ich, da hat die Klasse, statt im Sekretariat nach dem Verbleib der Lehrerin zu fragen, das Weite gesucht. Sie, Frau Herzberg, bleiben jetzt bis zum Ende der zweiten Stunde in diesem Raum, auch, falls die Schüler nicht wieder auftauchen, das versteht sich, denn falls sie doch noch eintreffen, dürfen sie nicht wieder einen leeren Raum vorfinden. Setzen Sie sich an Ihren Platz. Ich werde inzwischen den Schulhof und die Aufenthaltsräume inspizieren. Ich werde die Ausreißer finden, sagte er bedeutungsvoll und eilte geschäftig davon.

Anna Herzberg setzte sich, wie angeordnet, an den Lehrertisch in dem leeren Raum. Auch in ihr war nur Leere, lange Minuten, bis eine Erinnerung sie zu füllen begann. Ein exotischer Nadelbaum, ein Rosenbeet und viele andere Bäume und Blumen in einem großen Garten. Weiße Stühle und Tische mit Essen und Getränken und ein buntes Gewimmel von jungen Menschen.

Das war vor etwa einem Jahr, als Luisa die ganze Klasse an einem Nachmittag im Frühling zu einer Feier im großen Garten ihres Elternhauses eingeladen hatte, zu einer kleinen Siegesfeier. Die Schülerinnen und

Schüler hatten es geschafft, dass der damalige Geschichtslehrer wegen seines rassistischen Verhaltens nicht mehr in der Klasse unterrichten durfte. Er hatte Tera, eine Roma, und Malik aus Somalia wiederholt beleidigt, hatte ihre guten Leistungen ignoriert und ihnen schlechte Noten gegeben.

Sie haben es damals geschafft. Sie haben sich unerlaubter Mittel bedient. Gestreikt haben sie, was in diesem Land für Schüler und Lehrer verboten ist, sie sind nicht zum Geschichtsunterricht gekommen, fünfmal hintereinander. Keiner ist gekommen, sie haben fest zusammengehalten.

Was war diesmal der konkrete Anlass? Es waren noch zwei Monate bis zum Schuljahresende, und bei Sofia, Lukas und Tom war die Versetzung gefährdet. Vor allem zwei pädagogisch wenig begnadete Lehrer, die sich in keiner Weise verantwortlich fühlten für die ihnen anvertrauten Jugendlichen, die nur gewissenhaft ihrer Pflicht des Aussortierens nachkamen, hatten das herbeigeführt. Wollte die 10a die Versetzung der drei „Aussortierten" erzwingen? Zuzutrauen wär's ihnen, und Recht hätten sie außerdem.

Die Strafe für das unerlaubte Fernbleiben vom Unterricht würde nicht ausbleiben, und leider, ja, leider würden sie diesmal nichts mit ihrer Aktion erreichen, denn schlechte Leistungen von Schülern dem pädagogischen Unvermögen der Lehrer anzulasten war fast unmöglich. Dennoch war Anna Herzberg erleichtert, dass sie diese ihr sehr einleuchtende Erklärung gefunden hatte. Sie freute sich, dass ihre Schülerinnen und Schüler sich wieder einmal für andere einsetzten, dass

14

sie nicht so stumpf vor sich hinstrebten wie die angepasste Jugend, die, vom „Haus am See" singend und träumend, schon ihren Ruhesitz im Alter vor sich sieht.

Die Erleichterung hielt nur kurze Zeit an. Um Sofia, Lukas und Tom zu helfen, wären sie anders vorgegangen. Sie hätten ihre Aktion direkt gegen die unfähigen Lehrer gerichtet.

Anna schaute auf die leeren Tische und Stühle, die ordentlich in Reih und Glied standen, wie es ein Beschluss der Gesamtkonferenz vor einem Monat angeordnet hatte.

Das ist es, rief sie in den leeren Raum.

Zwei

Vor anderthalb Jahren hatte sie in ihrem Unterricht Tischgruppenarbeit eingeführt, um das Miteinander, die gegenseitige Wahrnehmung und Achtung zu fördern.

Viele Kollegen und ihnen hörige Kolleginnen fanden das gar nicht gut. Sie bestanden auf dem seit Ur-väterzeiten üblichen Frontalunterricht und wollten den Klassenraum in der dafür vorgesehenen Sitzordnung vorfinden. Außerdem sahen sich die meisten Kollegen in Klassen, in denen auch Frau Herzberg unterrichtete, dem Drängen der Schüler nach anderen Unterrichtsfor-men ausgesetzt, was dazu geführt hatte, dass sich ver-schärfende Anträge an die Gesamtkonferenz gestellt wurden.

Im ersten, schon weit zurück liegenden Antrag, als Anna Herzberg mit der Tischgruppenarbeit gerade angefangen hatte, ging es nur um die Störung durch die umgestellten Tische und Stühle, und beantragt wurde, dass der Kollegin Herzberg ein fester Raum zugewiesen werden sollte und die Gruppen sie aufzusuchen hätten, was ja in Materien, die in Fachräumen unterrichtet wer-den, die Regel ist. Der Antrag scheiterte daran, dass die Mehrheit des Kollegiums sich gegen eine Sonderrege-lung für eine Kollegin aussprach. Der nächste Antrag, jedem Lehrer und jeder Lehrerin einen „Stammraum" zuzuweisen, wurde von dem Schulvorstand schon im Vorfeld mit dem leicht tadelnden Hinweis zurückgewiesen, dass die Zahl der Lehrpersonen doch mindestens doppelt so groß sei wie die Anzahl der Lerngruppen und folglich nicht genügend Räume zur Verfügung stünden. Der Rechenfehler war im folgenden Antrag korrigiert: Lehrerinnen und Lehrer sollten sich zu Dreiergruppen zusammenfinden, denen jeweils ein Raum zugeteilt werden sollte. Die Frage, ob die drei Lehrenden sich nach persönlichen Vorlieben zusammenfinden oder den Erfordernissen des Raum- und Stundenplans entsprechend durch den Schulvorstand zusammengesetzt werden sollten, wurde fast eine Stunde lang sehr heftig und – das muss leider gesagt werden – nicht immer sachlich diskutiert und schließlich durch das Machtwort des Direktors zugunsten des Schulvorstandes beendet. Am Ende siegte wider Erwarten die Vernunft. Lehrerstammräume hätten zur Folge, dass in den Pausen in breiten und engen Fluren, in Haupt- und Nebentreppen zusätzlich zu den Jahrgängen 11-12 eine wahre Völkerwanderung von Zehn- bis Sechzehnjährigen stattfinden würde, die sich bisher vorwiegend in ihren Stammräumen aufhielten und dort auf das Erscheinen der Lehrperson warteten, und so sollte es bleiben. Ein zweiter Einwand gegen den Antrag ging auf das Wohlbefinden der Jugendlichen ein. Die Möglichkeit für Gruppen, ihren Klassenraum nach ihren Wünschen zu gestalten, dürfe nicht wegfallen. Also wurde der Antrag „Stammräume für Lehrer" mit knapper Mehrheit abgelehnt.

Die Fraktion gegen die Kollegin Herzberg gab nicht auf. Monate später kam ein neuer Antrag: Tische und Stühle müssen für den Frontalunterricht ausgerichtet sein und dürfen nicht umgestellt werden. Da es der vorletzte Tagesordnungspunkt war und die Ermüdung groß, stimmten die meisten für den Antrag zur Geschäftsordnung, dass die Diskussion entfallen solle und man sich auf eine Begründung des Antrags und eine Gegenrede beschränken wolle. Herr Broch hatte es übernommen, die Argumente gegen den Antrag vorzutragen, hatte nachdrücklich darauf hingewiesen, dass die pädagogische Freiheit der Lehrenden auf unzulässige Weise eingeschränkt werde. Er bekam auch lautes Beifallklatschen, aber dennoch wurde der Antrag mit knapper Mehrheit angenommen.

Als Frau Herzberg am Tag darauf in der dritten Stunde in die 10a kam, fand sie zufrieden lächelnde Schülerinnen und Schüler vor – in ihren gewohnten Tischgruppen, obwohl ihnen der in der ersten Stunde unterrichtende Lehrer den Beschluss der Gesamtkonferenz mitgeteilt hatte. Anna Herzberg freute sich, wies aber darauf hin, dass nach ihrer Stunde die vorgeschriebene Sitzordnung für den Frontalunterricht wieder hergestellt werden müsse und dass die Nichteinhaltung des Beschlusses nicht an die große Glocke gehängt werden dürfe. Eine Woche lang ging es gut, dann kamen die ersten Beschwerden. In den benachbarten und den darunter liegenden Räumen hatten begierig Lauschende Geräusche gehört, die eindeutig durch das Rücken von Tischen und Stühlen verursacht waren. Der Direktor musste schweren Herzens der ungehorsamen Lehrerin eine Abmahnung wegen Störung des Schulfriedens androhen. Das hätte Frau Herzberg ihrer Klasse nicht mitteilen dürfen. Am Tag darauf – sie hatte keinen Unterricht in der 10a – fanden alle im Raum 312 Lehrenden die untersagte Tischgruppenaufstellung vor, eine Aktion, mit der die geliebte Klassenlehrerin entlastet werden sollte. Die Schülerinnen und Schüler, und nur sie allein, störten den Schulfrieden, das hatte die Klasse deutlich machen wollen, und es war ihr gelungen, denn in der vierten Stunde lief ein Lehrer aus dem Unterricht zum Direktor und beklagte sich lautstark über die 10a, die darauf bestehe die Sitzordnung selbst zu bestimmen. Ein derart unerhörtes Verhalten müsse geahndet werden.

Der Direktor hätte sich gern die Ohren zugehalten, aber das ging ja nicht an, und so begleitete er den unaufhörlich schimpfenden Lehrer in die widerspenstige Klasse, fand die Tischgruppen vor und sah sich gezwungen, für den Fall, dass der Unfug nicht aufhöre, eine Strafe anzudrohen. Die gesamte Klasse würde drei Tage lang vom Unterricht ausgeschlossen.

Wenn der Direktor die ihm scheinbar aufmerksam Zuhörenden genauer angeschaut hätte, dann hätte er bemerken können, dass die meisten den Atem nicht aus Furcht vor der Strafe anhielten, sondern um nicht in Gelächter auszubrechen.

Kollektivstrafen sind nicht erlaubt, ganz abgesehen davon, dass „Ausschluss vom Unterricht für die gesamte Klasse" auch keinen Sinn ergibt. Es sind geschenkte Ferien. Niemand versäumt wichtigen Lehrstoff, wie es bei einer Einzelbestrafung geschieht, nur die Unterrichtenden sind geschädigt, weil sie den Inhalt ihrer übervollen Unterrichtstrichter nun in kürzerer Zeit in die bockigen Köpfe pressen müssen.

Am folgenden Tag saßen alle Schülerinnen und Schüler der 10a in Reih und Glied, wie von der Gesamtkonferenz gewünscht. Luisa, die Klassensprecherin, teilte Frau Herzberg mit ernster Miene mit, dass sie von nun an brav sein und keine Stühle und Tische mehr rücken würden, denn der Direktor habe angedroht, die gesamte Klasse drei Tage vom Unterricht auszuschließen. Während sie das sagte, knisterte es im Raum von unterdrücktem Lachen, das, als es endlich frei gelassen wurde, nicht so sehr Spott über die Fehlleistung des Direktors ausdrückte, sondern fröhliches Einverständnis, das keiner Worte bedurfte.

Nun, vor den leeren Tischen und Stühlen sitzend, konnte Anna Herzberg gar nicht aufhören zu lachen. Sie haben die angedrohte Strafe selbst vollzogen! Sie stand auf, fühlte sich endlich wieder ganz entspannt, bis ihr Blick noch einmal auf die Tafel fiel: NO MORE FAST SCHOOLING! Oder war das ihre Forderung? Daran erinnerten sie sich noch?

Nach den Sommerferien vor nun fast einem dreiviertel Jahr hatte Daniel von seiner in Kanada lebenden Tante Artikel zu dem Projekt *slow schooling* mitgebracht. Die Lehrerin Herzberg, immer bereit von ihren Schülerinnen und Schülern zu lernen, bat Daniel, die Klasse in das Thema einzuführen. Er berichtete kurz über die Entstehung der Bewegung slow. 1986 hatte McDonalds in Rom auf der traditionsreichen Piazza di Spagna eine Filiale eröffnet, daraufhin gab es heftige Proteste gegen das Eindringen von fastfood in ein Land, das eine Vielfalt von köstlichen Eigenprodukten zu bieten hat. Orvieto war die erste Stadt, die sich zur „Città slow" ernannte, und bald schlossen sich andere Städte an: keine Fastfood und auch keine in China oder sonst wo gefertigten Touristenkinkerlitzchen. Eine Projektgruppe in Toronto hatte den Begriff *slow* auf die Schule übertragen, gegen das *fast schooling*, das weltweit immer mehr Jugendliche vor sich her und von sich weg treibt. Daniel deutete nur an, worum es dabei ging und machte den Vorschlag, in der Fahrtenwoche, die vierzehn Tage nach dem Beginn des Schuljahres stattfinden würde, *slow schooling* als Thema zu nehmen. Alle stimmten zu. Sie arbeiteten in der Woche weit mehr als die vorgeschriebenen zwei Stunden am Tag an dem Thema, und die Ergebnisse der einzelnen Gruppen waren derart, dass die Lehrerin sie am liebsten veröffentlicht hätte, aber im alltäglichen Schulstress ging der Plan unter.

Anna Herzberg nahm den Schwamm, zögerte, sollte sie die Botschaft stehen lassen, damit andere sie lesen könnten? Besser nicht, sie hatte genug Ärger mit dem Kollegium. Kollegin Herzberg hat die Jugendlichen aufgewiegelt, angestiftet zu Ungehorsam, das ist der Beweis dafür. Sorgfältig begann sie, die Tafel abzuwischen, von oben nach unten, dann hielt sie inne, vielleicht war es nicht nur ein Gruß an sie und die Botschaft richtete sich an alle. Sie wischte nicht mehr weiter, aber es war nicht viel übrig geblieben, nur WE HAVE…NO MORE, und das klang traurig

Drei

Kurz vor dem Ende der zweiten Stunde öffnete sich die Tür einen Spalt, der Direktor winkte Frau Herzberg mit verschwörerischer Miene heraus, obwohl es keinen Grund für Heimlichkeit gab, da der Flur noch leer war. Er eilte ihr voran in das Direktorenzimmer, vor dem schon Herr Broch wartete. Jan, sein Sohn, war auch in der 10a.

Sie, Herr Kollege, haben jetzt eine Freistunde? Dann sehen Sie unverzüglich in Ihrer Wohnung nach – zum Glück haben Sie es ja nicht weit – und überprüfen Sie die Situation, ja also, das heißt, überprüfen Sie, ob Ihr Sohn zu Hause geblieben ist. Wenn er nicht da ist, schauen Sie sich nach Auffälligkeiten um, fehlt etwas, also Sie wissen schon, überprüfen, überprüfen. Und es versteht sich, wir halten den Vorgang vorläufig geheim, vor allem vor den Schülern. Nur die vier Kollegen, die noch in der Klasse zu unterrichten hätten, habe ich informiert, unter strengster Geheimhaltung. Wir wissen auch noch gar nicht, was passiert ist, vielleicht ist ihr Sohn ja zu Hause, nun gehen Sie schon, Herr Kollege.

David Broch glaubte nicht, dass er seinen Sohn zu Hause antreffen würde. Etwas an der Situation am Fenster, als sie zusammen auf das Ende des Unwetters

22

warteten, war merkwürdig gewesen, warum war es ihm nicht gleich aufgefallen, dass der Sohn ihn aus dem Haus haben wollte, weil er etwas vorhatte, etwas, das der Vater nicht mitbekommen sollte. Vielleicht wollte er früher als sonst weggehen, vielleicht wollte er etwas Ungewöhnliches mitnehmen, die neue Zeltausrüstung etwa, und David Broch ging gar nicht erst in die Wohnung hinauf, sondern gleich in den Keller. Das Zelt war da. Vielleicht fehlte eine Isomatte, vielleicht auch nicht, das konnte er nicht mit Sicherheit feststellen. Bevor er die Überprüfung in der Wohnung fortsetzte, ging er zum Kühlschrank, um sich mit einem Joghurt etwas zu stärken. Da gab es keinen Joghurt mehr, nur noch eine halb aufgebrauchte Tomatenmarktube, eine Flasche mit einem Rest Essig, eine halbe Zwiebel. Alles, was er am Tag zuvor eingekauft hatte, war verschwunden: Wurst, Eier, Schinken, Käse, Milch, Joghurt, Säfte. In dem Vorratsschrank war es auch leerer geworden, keine Spaghetti, keine Makkaroni waren mehr zu sehen. Das sieht nicht danach aus, als wollten sie nur einen Vormittag die Schule schwänzen, sagte sich David Broch leicht besorgt. Wenn ich nur wüsste, was sie vorhaben, aber das konnte und durfte er nicht wissen. Die Tatsache, dass Vater und Sohn auf derselben Schule waren, hatte sie eine Übereinkunft treffen lassen: Geheimhaltung in bestimmten Fällen ist erlaubt, ja manchmal sogar notwendig, um den anderen nicht in eine unangenehme Situation zu bringen wie in diesem Fall. Der Vater zweifelte nicht daran, dass es für seinen Sohn einen guten Grund gegeben hatte, den Kühlschrank zu leeren, aber sicher wäre es ein verwerflicher Grund für die vielen auf

Zucht und Ordnung bedachten Kollegen und Kolleginnen. Alleinerziehende Eltern waren ihnen ohnehin verdächtig, weil an den Kindern von nur einem Elternteil nicht genug herum gezogen und gezerrt werden konnte. David Broch war seit dem Tod seiner Frau vor sechs Jahren „allein erziehend", darum dachte er nicht daran, von dem Zustand seines Kühlschranks zu berichten, „missratener Sohn bestiehlt den Vater" würde dann flüsternd weitergegeben.

Auch ohne die Nachricht von geleerten Kühlschränken und trotz des direktoralen Geheimhaltungsgebots gab es in der zweiten großen Pause im Lehrerzimmer schon schadenfrohes Gewisper, vor allem in der Flüsterecke, der einzigen mit einem Sofa und vier Sesseln ausgestatteten Sitzgruppe. Sie war in Besitz genommen von der scharfzüngigen Frau K., die meistens mit monotoner Stimme den Ton angab, von der aufdringlich parfümierten Frau F., die sofort zu spüren meinte, wenn heimliche Kollegenliebe entbrannte, von Herrn W., der graubraunen Spitzmaus mit blitzenden Augen, die alles zu erspähen suchten, von Herrn S., der begierig alles aufnahm und nichts erfasste. Geduldet war Frau A., die im Dauernicken allem zustimmte. Die Zierde des Vereins war der melancholische Herr M., Träger eines zarten Oberlippenbartes mit weit über die Mundwinkel hinuntergezogenen Spitzen, die er durch eine Bewegung des Mundes in die Waagerechte und so in ein grimassenhaftes Lächeln bringen konnte. Keiner, der nicht zu diesem erlesenen Kreis zählte, durfte auf dem Sofa oder in einem der Sessel

Platz nehmen. Bei besonderen Anlässen war es gestattet, sich einen einfachen Stuhl heran zu schieben oder stehend zu lauschen und gar seine Zustimmung zu den Schmähreden durch einen treffenden Einwurf, recht geschieht ihr, das wäre ja noch schöner, kundzutun. Wer sich dabei besonders hervor tat, konnte auf einen frei werdenden Sitzplatz hoffen, auf die erlösenden Worte, Herr Kollege, so setzen Sie sich doch neben mich, was sagten Sie? Ein Klasse ist verschwunden? Die Tischgruppenklasse von Frau Herzberg, weggelaufen sind sie ihr? Da wird sie doch nicht vor Kummer vergehen?

Anna Herzberg schaute nur kurz in das Lehrerzimmer, mit einem leicht bekümmerten Ausdruck, weil sie David Broch nicht fand. Sie hatte ihn auf dem Hof und in den Fluren gesucht, und er, auf der Suche nach ihr, war immer gerade dort, wo sie nicht war, bis er es aufgegeben hatte und nach Hause gegangen war. In einer solchen Situation hilft heutzutage die entwickelte Kommunikationstechnik, es reicht ein Klick auf die gewünschte gespeicherte Nummer, und schon könnte man mit dem Gesuchten sprechen.

In dem ehrwürdigen Gymnasium aber war diese Möglichkeit selbst den Lehrerinnen und Lehrern strengstens untersagt. Auch in den Pausen sollten die Handys vorsorglich ausgeschaltet bleiben, damit sie nicht aus Versehen eingeschaltet mit in den Unterricht genommen würden, eine Anweisung, die zweifelsohne ihren Sinn hat, denn es würde dem Unterricht doch eine merkwürdige Note geben, wenn aus Hosen- oder Jackentaschen der Lehrer und Lehrerinnen eine traurige oder fröhliche Melodie erschallte. Es gab allerdings mindestens einen Kollegen, der sich nicht an diese Vorschrift hielt und mit wechselnden Ausreden, getrieben von den Klängen „Auf in den Kampf, Torero", den Klassenraum für manchmal bis zu zehn Minuten verließ.

Anna schaltete ihr Mobiltelefon erst ein, als sie vor der Buchsbaumhecke hinaufschaute zu Davids Wohnung, wo ein Fenster offen stand, ein Zeichen, dass jemand da war, hoffentlich nicht nur die Haushaltshilfe. Sie tippte auf die Nummer und war mit David verbunden. Verbunden waren sie miteinander schon lange, nicht in „zarten Banden", wie herumgeflüstert wurde, sondern in kräftigeren, die durch gutes Einverständnis in wichtigen Fragen geknüpft waren. Ich muss dich sprechen, hörte David und sagte, ich dich auch, komm herauf.

Vor der Wohnungstür fühlte Anna sich sehr klein und schwach, und die sanfte kollegiale Umarmung tat ihr gut.

Sie bleiben nicht nur heute weg.

Ich weiß, seufzte Anna.

Sie haben es dir vorher gesagt?

Oh nein, ich vermute es nur, drei Tage werden es sein, der Direktor hat ihnen angedroht, sie drei Tage vom Unterricht auszuschließen, und das nehmen sie vorweg. Und du, woher weißt du es?

Mein Kühlschrank ist ausgeräumt.

Das heißt… heißt das nicht, dass sie nicht nur die Schule schwänzen, sie werden auch nicht nach Hause kommen, sie werden vielleicht noch nicht einmal in der

Stadt geblieben sein. Vielleicht zelten sie irgendwo im Wald.

Nein, sie zelten nicht, Jan hat sein Zelt nicht mitgenommen.

Dann sind sie in einer Jugendherberge, vielleicht haben sie sich irgendwelche Tücher umgebunden, um als Gruppe aufzutreten, vielleicht haben sie einen Erwachsenen gefunden, der sich als ihr Lehrer, als ihr Gruppenleiter ausgibt, ach was rede ich, das glaube ich nicht, das würden sie nicht machen. Anna wurde immer aufgeregter, sprang auf aus dem Sessel, in den sie sich gerade erst gesetzt hatte, ließ sich wieder hinein fallen und flüsterte nur noch, was kann ich tun, was kann ich nur tun.

Du kannst nur das eine tun: alle Eltern anrufen, ihnen mitteilen, dass ihre Kinder nicht in der Schule waren, und sie fragen, ob ihnen etwas Ungewöhnliches aufgefallen sei. Das ist deine Pflicht.

Unangenehme Aufgaben schob Anna leider oft vor sich her, und nur selten erledigten sie sich dann von selbst. Bei Klassenarbeiten ist das nie der Fall, der Rotstift arbeitet nicht allein, und wenn sie ihn in die Hand nehmen musste, überkam sie eine geistige und körperliche Lähmung, die zu überwinden sehr schwer war. Die Pflichtanrufe bei den Eltern verschob sie auch, und das verbesserte ihre Stimmung nicht, im Gegenteil, die auf ihr lastende Aufgabe erdrückte sie schier, gebückt schlich sie um das Telefon herum und konnte den Hörer einfach nicht in die Hand nehmen, bis es am späten

Nachmittag klingelte. Eine weiche leise Stimme, Lukas' Mutter. Sie entschuldigte sich vielmals für die Störung. Sie konnte ja nicht wissen, dass sie die Lehrerin aus ihrer Erstarrung erlöst hatte. Ihr Sohn war nicht nach Hause gekommen, er hatte auf dem Kopfkissen einen Zettel hinterlassen mit der Nachricht *Mach dir keine Sorgen, es geht uns gut*, und die Mutter machte sich doch große Sorgen. Was kann das nur bedeuten, fragte sie die Lehrerin. Aber die konnte es ihr nicht sagen. Ich weiß es nicht, sie waren heute alle nicht in der Schule, ich weiß nicht mehr, was ich denken soll, was kann ich nur den Eltern sagen, und die Mutter musste die verzweifelte Lehrerin trösten und ihr den Weg zeigen, den auch David Broch ihr schon gewiesen hatte: alle Eltern anrufen und nach dem Verbleib der Kinder fragen. Nun endlich konnte Anna mit einer Hand, die sich nicht mehr sträubte, den Hörer abnehmen, Nummern wählen und sechsundzwanzigmal sagen, die gesamte Klasse 10a ist heute nicht zum Unterricht erschienen. Ist Ihr Sohn zu Hause, Ihre Tochter, nein, wissen Sie etwas, nein, ich weiß nichts, ich kann es mir nicht erklären, rufen Sie mich an, wenn Ihnen etwas Ungewöhnliches auffällt. Bei Luisa hatte sie niemanden erreicht, und Michael, das wusste sie schon, lag mit gebrochenem Sprunggelenk im Krankenhaus.

Im Laufe des Abends klingelte ununterbrochen das Telefon. In fünfzehn Familien war der Lebensmittelvorrat merklich reduziert, neunzehn Söhne und Töchter hatten einen Zettel hinterlassen, *keine Sorge, es geht mir gut, es geht uns gut, es wird uns gut gehen*. Anna Herzberg erkannte ihre Schülerinnen und Schüler wieder, die

Rücksichtsvollen, die ihre Eltern nicht in allzu große Unruhe versetzen wollten. Gegen neun Uhr abends stellte sich heraus, dass alle den Eltern eine Nachricht geschrieben hatten, eine wurde im Kühlschrank gefunden, eine im Zahnputzbecher, eine auf dem Kopfkissen, alle wie eine Art Eintrittskarte in ihre Revolte, und Anna kam Lenins Ausspruch in den Sinn: *Revolution in Deutschland? Das wird nie etwas, wenn diese Deutschen einen Bahnhof stürmen wollen, kaufen die sich noch eine Bahnsteigkarte!* Aber der Vergleich erheiterte sie nur einen kurzen Moment, dann fand sie ihn unpassend, weil ihre Protestlerinnen und Protestler sich ja nicht einer vorgeschriebenen Ordnung unterworfen hatten. Ihre Zettelaktion bewies die Fähigkeit sich in andere einzufühlen, was nicht von allen gewürdigt wurde. Maries Versuch ihre Eltern zu besänftigen war erfolglos geblieben, wie die unerbittliche Stimme des Vaters am Telefon bewies, ich werde sie schon bestrafen, da Sie es nicht machen, überhaupt, Sie sind verantwortlich für das Verschwinden Ihrer Klasse, Sie sind längste Zeit Lehrerin gewesen, das garantiere ich Ihnen. Anna wusste, dass es keinen Sinn hatte, mit Maries Vater zu argumentieren, sie entfernte den Hörer so weit von ihrem Ohr, bis die immer schriller werdende Stimme sie nicht mehr traf.

Kurz nach 22.00 Uhr kam noch ein Anruf: Ich habe vergessen, Ihnen zu sagen, dass Tobias wohl seinen Hund mitgenommen hat, es ist ein schwarzer mit vier weißen Pfoten.

Im Bett fand Anna keine Ruhe, und sie begann ihre Schäfchen zu zählen. Tischgruppe 1: Jan, Julia,

Laura, Maximilian, Markus, Sarah. Tischgruppe 2: Tobias, Alex, Marie, und da blieb sie hängen, hörte wieder die Stimme des Vaters. Marie, anfangs verstockt, misstrauisch und abweisend, hatte nach einem halben Jahr in der Klasse ihr Zuhause gefunden, Marie, die immer wieder mit blauen Flecken in die Schule kam und nicht wollte, dass die Lehrerin den Vater anzeigte. Schöne Tage, Marie, wo auch immer du bist, weg von dem schlagenden Vater und der schwachen Mutter, ich wünsche dir eine gute Zeit. Anna atmete tief durch und begann sich zu entspannen, aber da drängte sich auf einmal Tera vor, Tera, die sie vergessen hatte, da ihr Name nicht auf der Telefonliste stand, weil die Eltern kein Telefon hatten. Teras Eltern hatten auch nicht angerufen, hatten sie nicht vermisst, und das konnte bedeuten, dass frühmorgens die Polizei in die Wohnung eingedrungen war.

Vor etwa zehn Tagen hatte Tera im Unterricht angefangen zu weinen, Tera, die Fröhliche, die Ideenreiche. Die Familie sollte abgeschoben werden in den Kosovo, ins Nichts. Vor zwanzig Jahren waren ihre Eltern hierher geflüchtet. Tera war hier geboren, hatte keine Sprache im Kosovo. Als Roma würden sie wieder wie damals ausgegrenzt und verfolgt werden.

Alle versuchten Tera zu trösten, und es gab doch keinen Trost. Der Englischunterricht fiel an jenem Tag aus.

Anna konnte nicht einschlafen, drehte sich im Bett ruhelos von einer Seite auf die andere. Wütend über Deutschland, das anscheinend vergessen hatte, dass es vor siebzig Jahren mehr als hunderttausend Roma ermordet hatte, das sich heute wieder als „bleiche Mutter" gebärdete und ihr lästige Kinder verstieß. Schlaflos in Angst und Trauer um Teras Familie. Hellwach mit ein bisschen Hoffnung, dass wenigstens die Tochter nicht von der Polizei geholt werden könnte, falls sie mit der Klasse verschwunden war. Zwischendurch versuchte sie sich zu beruhigen, holte sich die Keksdose ans Bett, trank ein Glas Rotwein, ging zum Kühlschrank und knabberte am Käse. Gegen drei Uhr fiel sie endlich in einen unruhigen Schlaf, aus dem sie nach dreieinhalb Stunden der Wecker holte.

Vier

Gleich war wieder die Angst um Tera und ihre Familie da. Die fürsorgliche Lehrerin, die ihren Tag immer mit einem ausgedehnten Frühstück im Bett und ersten Blicken in die Zeitung beginnen ließ, machte sich ohne Kaffee und Brötchen im Auto auf den Weg zu Teras Wohnung, und erst, als sie vor dem Hochhaus in der verkommenen Vorstadtsiedlung angehalten hatte, wurde ihr die Unsinnigkeit ihres Unternehmens klar. Sie konnte ja nicht einfach so früh bei der Familie oder bei Nachbarn klingeln.

Sie fuhr wieder nach Hause und schaffte es gerade noch, wenigstens einen Espresso zu trinken, bevor sie sich zu Fuß auf den Weg zur Schule machte, durch das alte Villenviertel der Stadt. Sie hatte an diesem Morgen keinen Blick für Blumen und Sträucher in den Vorgärten, schaute nur auf, als sie an dem Einfahrtstor zu Luisas prächtigem Heim vorbei kam. Sie blieb stehen, etwas war merkwürdig, alle Fenster, die sie sehen konnte, waren mit Außenjalousien verschlossen, das war doch sonst nicht so. Schon hatte sie die Hand auf dem Klingelknopf neben dem Tor, dann besann sie sich. Selbst wenn ihr geöffnet würde, reichte die Zeit noch nicht einmal für ein kurzes Gespräch aus.

Sie eilte weiter zur Schule, eilte auch die Stufen zur Eingangshalle hinauf, kam ins Stolpern, vor den Augen des Direktors, der wie jeden Morgen auf dem breiten Spruchband „NON SCHOLAE, SED VITAE DISCIMUS" vor der marmornen Treppe stand. Die war das Prunkstück der Schule, ein wahrhaft fürstliches Gebilde, mit einem Absatz auf halber Höhe vor einem großen alten Fenster aus verschieden getöntem Glas, von dem wie Flügel zwei Treppen in den ersten Stock führten.

Aber, Frau Kollegin, in einem so ehrwürdigen Gebäude ziemt es sich nicht zu hasten, außerdem haben Sie ja noch fünf Minuten Zeit bis zum Unterrichtsbeginn. Hoffen wir, dass Ihre Klasse heute erscheint, ja, das hoffen wir.

Nein? Was sagen Sie da? Sie sind nicht nach Hause gekommen? Also vermisst, ja vermisst, das heißt, ja das heißt, heißt das nicht, wir müssen die Polizei verständigen? Nein? Sie haben Recht, das macht nur zu viel Aufsehen. Erst einen Elternabend einberufen? Oder doch Polizei? Ja, kommen Sie mit, wir müssen alles in Ruhe besprechen. Sie haben jetzt einen Leistungskurs? Geben Sie ihnen eine Aufgabe, und kommen Sie dann zu mir, wir müssen einen Plan machen, ja einen Plan und absolute Geheimhaltung.

Die Polizei brauchte nicht gerufen zu werden. Maries Vater hatte die Tochter als vermisst gemeldet und Frau Herzberg wegen Beihilfe zur Entführung Minderjähriger anzeigen wollen.

33

Der Dienst habende Polizeibeamte hatte einen klareren Kopf als der polternde Mann vor ihm: Vermisst oder entführt, was ist nun, auch noch Verführung Minderjähriger zum unerlaubten Fernbleiben vom Unterricht. Entführt, verführt, das sind nur Vermutungen, Tatsache ist, das Ihre Tochter seit sechsundzwanzig Stunden verschwunden ist, und mit ihr anscheinend eine ganze Klasse, dem nachzugehen sind wir verpflichtet.

So kam es, dass zwei Polizisten in Uniform in dem Augenblick an die Tür des Direktorenzimmers klopften, als David Broch, der zu der geheimen Beratung des Direktors mit Anna Herzberg hinzu gerufen war, gerade entschieden seine Kollegin unterstützte, keine Polizei, übermorgen werden alle wieder da sein. Als der Direktor das Wort Polizei nun aus dem Munde der Beamten vernahm, Polizei, bei der eine Vermisstenmeldung eingegangen war, sprang er aus seinem Sessel auf, streckte ihnen abwehrend die Hände entgegen, nein, nein, wir brauchen keine Polizei, es ist nur ein harmloser Schülerstreich. Er war nur schwer davon zu überzeugen, dass die Anzeige von Maries Vater nicht einfach ignoriert werden konnte. Dann empörte er sich über die Anschuldigungen gegen Frau Herzberg, die ihn liebevoll anlächelte, gerührt über die unerwartete Solidarität.

Der Direktor wollte die Beamten gnädig stimmen und erging sich in höflicher Geschäftigkeit, bestellte bei der Sekretärin fünfmal Kaffee, Sie trinken doch alle Kaffee, nicht wahr? Die Polizei, so seine inständige Bitte, solle noch etwas warten, die Schülerinnen und

Schüler kämen sicher bald zurück, in ein, zwei Tagen spätestens. Das, so sagte der eine Beamte, sei eine Entscheidung, die nur von höherer Stelle getroffen werden könnte, er müsse nun ohnehin Frau Herzberg bitten, zu einer Vernehmung ins Polizeipräsidium mit zu kommen.

David Broch wollte sie nicht allein gehen lassen, sagte, ich bin der Vater von einem der Verschwundenen, ich werde Frau Herzberg begleiten.

Die Macht der Gewohnheit führt manchmal zu unüberlegten Handlungen. Wenn an den Händen gefesselte Personen in ein Polizeiauto einsteigen müssen, ist der Polizist gehalten, eine Hand auf den Kopf des Festgenommenen zu legen, um Verletzungen zu verhindern, und ihn vorsichtig in den Innenraum zu schieben. In dem Moment, als der eine Beamte gedankenlos die Hand auf den Kopf der Frau Herzberg legte, schaute Herr W. aus dem Fenster eines Klassenzimmers auf das silbergraue Auto in der Parkbucht, sah die Geste des Beamten – Kollegin Herzberg ist verhaftet worden! Er konnte kaum das Ende der Stunde abwarten, machte früher Schluss, purzelte fast die Treppe hinunter und erreichte die Flüsterecke im Lehrerzimmer mit dem Gongschlag, was zur Folge hatte, dass er noch etwas warten musste, bis die ersten Verschworenen eintrafen und er die unerhörte Neuigkeit verkünden konnte.

Da gab es kein Flüstern mehr. Da erhob sich ein disharmonischer Chor von knarrenden, kreischenden und trillernden Stimmen: Frau Herzberg ist verhaftet worden! Kaum hörbar waren die wenigen Untertöne in

Moll, ach, die Arme. Eine melodiöse Oberstimme kam hinzu, als der stellvertretende Schulleiter erschien, mit seinem Lächeln, das, zu oft getragen, abgenutzt wirkte. Das Lächeln verschwand, als die Oberstimme nicht durchdringen konnte, das Melodiöse wurde zum lauten Staccato: Frau Herzberg ist nicht verhaftet worden. Und so konnte der Kollege W. in der Flüsterecke nur noch flüstern, aber ich habe doch gesehen, wie Frau Herzberg verhaftet worden ist, ich habe es doch gesehen.

Das neue Polizeipräsidium, ein Gebäude aus roten Ziegeln, Glas und Stahl, war gut anzusehen, aber nicht von allen mit Wohlwollen betrachtet. Es soll viele Bürgerinnen und Bürger geben, nicht nur autonome Hitzköpfe, die ein gespaltenes, wenn nicht sogar ablehnendes Verhältnis zur Ordnungsmacht haben.

Zu denen gehörte auch Anna Herzberg, weil einige ihrer Schülerinnen und Schüler von der Polizei, die nicht selten mehr als rüde gegen Demonstranten vorgeht, eingekesselt und misshandelt worden waren. Darum war sie erstaunt und erleichtert, nun einem intelligent aussehenden höflichen Beamten gegenüber zu sitzen, der die Lehrerin und den Vater vorsichtig befragte, ob sie vorher etwas gewusst hätten, ob es Anzeichen gegeben habe, ob sie ein ungewöhnliches Verhalten wahrgenommen hätten.

Vorher, nichts. Nach dem Verschwinden einiges, und sie erzählten von den Zettelchen, *es geht uns gut*, sie erzählten von den geleerten Kühlschränken. Nicht nur einen Tag, zwei Tage, drei Tage werden sie fort bleiben, sagte Anna und wollte dann nicht antworten auf die wiederholte Frage, warum sie meine, dass die Klasse drei Tage wegbleiben würde. Schließlich musste sie doch berichten von der unüberlegten Androhung des Direktors, die gesamte Klasse drei Tage vom Unterricht auszuschließen, und sie bat den Kommissar eindringlich, doch noch zu warten, nur zwei Tage zu warten mit der Suche nach den Vermissten. Am vierten Tag nach dem Verschwinden würden sie wieder auftauchen.

Der Kommissar schüttelte den Kopf, leicht verärgert über die Frau, die doch anfangs einen ganz vernünftigen Eindruck auf ihn gemacht hatte. Er wies darauf hin, vielleicht etwas zu streng und ungehalten, dass – erstens – eine Vermisstenmeldung vorliege, der nachzugehen die Polizei verpflichtet sei, dass – zweitens – Personen im Alter bis zu 18 Jahren, also Minderjährige, ihren Aufenthaltsort nicht selbst bestimmen dürfen und für die Polizei bereits als vermisst gelten, wenn sie ihren gewohnten Lebenskreis verlassen haben und ihr Aufenthalt nicht bekannt ist. Folglich müsse nach der ganzen Klasse gesucht werden. Da sei keine Ausnahme zu machen.

Für die Lehrerin Herzberg war das Gespräch damit beendet. Sie stand auf, auch ihr Kollege wollte sich gerade erheben, als der Kommissar aus einer Mappe ein Foto herauszog und sie zum Bleiben aufforderte. Er schob das Foto über den Tisch zu der Lehrerin, sagte, nicht mehr streng und ungehalten, das sei eine sympathische Klasse, eine Klasse, die zusammenhalte, wie auf dem außerordentlichen Foto zu sehen sei. Er habe es immer wieder angeschaut und dann erkannt, dass die Schüler es geschafft hätten, sich auf einer Treppe in vier Reihen aufzustellen, in einem festen Zusammenhalt. Nirgendwo, wie in einem Kreis, sei die Verbindung zwischen ihnen unterbrochen, das sei deutlich zu sehen, weil sie sich auf Schulterhöhe an den Händen gefasst haben. Schauen Sie nur – ah, Sie kennen ja das Foto – links außen, wo eine Schleife sich hinaufzieht, und an den Kehren, da, wo der Kreisrand sich zu einer Schlinge einzieht, um die zweite und dritte Reihe zu bilden, da sind Hände auf Schultern gelegt, kleine Umarmungen von hinten, ich könnte es immer wieder anschauen, dieses Gruppenbild. Sagen Sie mir, wann und wie ist es entstanden?

Es war nach den Sommerferien, der letzte Tag der Fahrtenwoche. Auch wenn sich alle ja bald in der Schule wieder sehen würden, kam so etwas wie Abschiedsschmerz auf, sie wollten zusammenbleiben, sie gehörten zusammen, und aus dieser Stimmung ging das erste Gruppenbild hervor. Ein Miteinander-Foto sollte es werden. Nur im Kreis sei ein wahres Miteinander darzustellen, meinten alle, und sie stürmten auf die Wiese, fassten sich an den Händen, lachten und tanzten eine Schlinge in den Kreis, blieben stehen. Da waren nun vier Reihen, nur blickten die in der zweiten und vierten Reihe nach hinten und die an der Seite nach außen. Großes Gelächter. Lukas in der vierten Reihe links fand die Lösung, eine Hand auf die Schulter vor ihm, die andere in die Hand des Nachbarn, vor ihm und an den Kehren der inneren Schlinge wurde das nachgemacht, und der Kreis war geschlossen. Dann ging es auf die Treppe vor dem Haus. Niemand brauchte aufgefordert zu werden, in die Kamera zu lachen.

Der Kommissar nahm das Foto vom Tisch, legte es in die Mappe zurück und sagte dann, dass er das Foto wohl bei der Vermisstensuche werde einsetzen müssen. Die Lehrerin wehrte entschieden ab, oh nein, das nicht! Er brauche aber ein Foto, sagte der Kommissar. Das habe sie wohl verstanden, sie habe gesagt, dieses nicht.

Warum nicht dieses, es ist ein so sprechendes Foto.

Es spricht zu laut.

Das verstand der Kommissar nicht, es war ja auch nicht so leicht zu verstehen, Anna musste es erklären. Als sich damals alle auf dem Display von Jans Fotoapparat das Miteinander-Bild angeschaut hatten, gab es kritische Stimmen. Die Botschaft sei zu dick aufgetragen, sie bräuchten keine äußeren Zeichen, um zu wissen, dass sie zusammenhalten, außerdem gäbe es noch eine andere mögliche Lesart für das Foto: „Gefangen in einer Kette."

Das Foto also nicht, sagte der Kommissar, griff wieder in die Mappe, zog ein anderes hervor und hielt es für beide sichtbar hoch. Finden Sie dieses etwa passender?

Es war die Karikatur eines Klassenfotos. Die Sechzehnjährigen hatten sich der Größe nach in einer Riege formiert, sich in dieser Anordnung wieder in vier Reihen auf die Treppe gestellt und mit grimmig verzogenen, leicht verblödeten Gesichtern nach vorne geschaut. So stellen wir uns dem Konkurrenzkampf, kommentierten sie lachend.

Das soll natürlich auch nicht in die Öffentlichkeit gelangen, sagte Anna. Missgünstige Blicke würden ihre Einschätzung der Jugendlichen als gefährliche Subjekte bestätigt finden. Woher haben Sie denn diese Fotos?

Von dem Vater, der Sie hatte anzeigen wollen, habe ich sie. Der Kommissar schaute die Lehrerin so an, als wolle er sie um Verzeihung bitten, und da konnte Anna nicht anders als ihm ein freundliches Angebot machen. Sie werde ihm ein geeignetes Klassenfoto zukommen lassen. Sie selbst habe es aufgenommen.

Auf dem Gelände der Jugendherberge gab es eine leichte Anhöhe, da hatten sich alle locker hingestellt, und sie waren zufrieden, als sie das fertige Foto ansahen. Sie freuten sich besonders über den schwarzen Hundekopf, der in der zweiten Reihe hervorlugte.

40

Fünf

Das Angebot, auf einen Streifenwagen zu warten, der sie wieder zur Schule bringen sollte, lehnte Anna ab. David wollte widersprechen, aber ein Blick von ihr hielt ihn zurück. Als sie draußen waren, erzählte Anna ihm von den Sorgen, die sie sich um Tera machte, und sie bat ihn mitzukommen zu der Wohnung der Familie, die nur ein paar Schritte vom Polizeipräsidium entfernt war.

Eine Frau mit einem schmalen Gesicht, aus dem große dunkle Augen sie verschreckt ansahen, öffnete ihnen, und Anna Herzberg dachte, vielleicht war es ein Fehler, dass ich nicht allein gekommen bin, ein fremder Mann bei mir, sie könnte glauben, das sei ein Polizist, auch wenn er nicht so aussieht mit seinem sanften hellen Gesicht und der randlosen Brille. Schnell stellte sie David vor, Herr Broch, ein Kollege von mir, sein Sohn ist ein Klassenkamerad von Tera. Dann erst fragte sie, ob die Tochter zu Hause sei. Die Mutter schüttelte nur den Kopf, war den Tränen nahe, als sie von dem Zettel berichtete: *Macht euch keine Sorgen, es wird mir gut gehen*. Ihr Mann und sie hatten aus dieser Botschaft geschlossen, dass Tera vor der drohenden Abschiebung geflohen war, wer weiß wohin, und das gerade an dem Tag, wo sich vieles ändern sollte. Als sie nun erfuhr, dass Tera mit der Klasse verschwunden sei, schloss die Mutter die Augen und lächelte entspannt. Dann erzählte sie fast atemlos, dass die „Duldung", mit der sie seit vielen Jahren lebten, noch einmal um zwei Monate verlängert worden sei und dass noch dazu ihr Mann endlich eine Arbeit gefunden habe. Ein Vater aus Teras Klasse habe ihm eine Stelle als Hausmeister in seinem Betrieb angeboten, ein so guter Mensch, es ist ein Wunder.

Kaum zu glauben, dass es noch Wunder gibt, sagte David, als sie wieder draußen waren und vor dem Haus stehen blieben. Zurück zur Schule? Anna hatte nur noch die sechste Stunde, und zu der würde sie zu spät kommen. Außerdem brauchte sie dringend etwas zu essen, weil sie ja nicht hatte frühstücken können.

An der nächsten Ecke sahen sie ein einfaches italienisches Restaurant, und dort, bei einem Glas Rotwein und Spaghetti alla Carbonara, versuchten Anna und David zu erraten, wer der wundertätige Vater sein könnte. Es kam eigentlich nur Luisas Vater in Frage. Er war der Inhaber einer gut gehenden Verlagsgruppe und wohl sehr vermögend, wie es schon die Villa in dem großen alten Garten vermuten ließ.

Da fiel es Anna wieder ein, sie hatte Luisas Vater noch nicht erreicht, wahrscheinlich war er verreist. Aber die sardische Haushälterin müsste doch da sein und Luisa vermisst haben, die arme Frau wird in großer Sorge sein, und darum müsste die Lehrerin so schnell wie möglich zu ihr gehen. Sie müsste, aber sie wollte lieber erst am frühen Abend Trost in die Villa tragen, weil sie dann vielleicht auch den Vater, den zu sehen sie sehr wünschte, antreffen könnte. Außerdem wollte Anna unbedingt zu Michael, er müsste etwas wissen, und für einen Besuch im Krankenhaus bot sich der frühe Nachmittag an. Sie fragte David, ob er sie begleiten wolle, und David sagte zu, ohne zu zögern, ungeachtet der Berge von Klassenarbeiten, die zu Hause auf ihn warteten.

Michael war zwei Tage vor dem Verschwinden der Klasse von einer Mauer gesprungen, schlecht gelandet und lag nun mit einem komplizierten Bruch im Krankenhaus. Seit zwei Tagen stellte er sich immer wieder ein großes rotes Backsteinhaus mit vielen Türmchen vor. Er wusste nicht wo, nur dass es versteckt lag in einem Waldgrundstück, das von einer alten hohen Mauer und alten hohen Bäumen umgeben war. Es ist reichlich Platz für alle da, hatte Luisa gesagt, drei Badezimmer, eine große Küche, wenn wir uns nicht dem Einfahrtstor nähern, wird uns niemand vermuten in dem verwilderten Park. Tobias' Hund darf nicht frei herumlaufen, der schwarze Hund mit den vier weißen Pfoten, er könnte uns verraten.

Michael mit dem runden Gesicht und den blauen Augen, die fast immer strahlten, kämpfte wie schon so oft in den zwei Tagen gegen Tränen an, als Frau Herzberg und Herr Broch auf einmal vor ihm standen. Er zog die Bettdecke bis zum Kinn herauf, nahm die Kopfhörer nicht ab, auch nicht, als die Lehrerin ihm ein Päckchen, in dem nur eine CD sein konnte, auf den Nachttisch legte. Er wandte das Gesicht ab, versteckte es im Kopfkissen, und da beugte sich Anna Herzberg leicht vor, schob den einen Kopfhörer zur Seite und flüsterte: Du bist traurig, weil du nicht dabei sein kannst? Das löste eine Tränenflut aus, ein wütendes Schluchzen, und der Kopf nickte und nickte.

Weißt du, wo sie sind? Das Schluchzen wurde weggeschüttelt, nein, nein.

Nein? Du musst es mir nicht sagen, ich will nur wissen, ob du es weißt. Ein Blick von ihrem Kollegen gab ihr zu verstehen, wie dumm ihre Frage war. Aber Michael antwortete wider Erwarten, keiner habe vorher gewusst, wohin sie fahren würden, sie hätten jeder einen Zettel bekommen, darauf habe nur gestanden, was sie mitnehmen sollten und dass es wichtig sei, eine Nachricht für die Eltern zu hinterlassen, alle sollten schreiben *es geht uns gut* oder so ähnlich, damit die Eltern sich nicht so viel Sorgen machen. Außerdem sollte das auch eine Anspielung auf die Mutter der Nation sein, die immer sagt, es geht uns gut, dabei geht es gar nicht so gut, vielen geht es doch sehr schlecht, viele sterben, weil wir wegschauen, hat Jan gesagt, und dass wir in der Schule das Hinschauen verlernen, und dagegen müssen wir protestieren, hat Jan gesagt. Er hat uns alle davon überzeugt, wie wichtig es ist zu protestieren.

Eine ganze Klasse, die verschwindet, das ist doch toll, hat Jan gesagt.

David nahm nur auf „hat Jan gesagt", und er wusste nicht, ob er sich freuen sollte über diese Leistung seines Sohnes. Er wollte sich vergewissern, ob wirklich alles von Jan ausgegangen war, und er fragte, also hat Jan alles organisiert? Ja, Jan und… Michael

44

merkte gerade noch rechtzeitig, dass er dabei war sich zu verplappern, dass er nichts weiter sagen durfte, nichts von Luisa, denn durch Luisa wäre eine Spur zu dem roten Backsteinhaus gelegt. Aber er wusste, dass er weiter reden musste, und so plapperte er darauf los.

Also Jan hat alles organisiert und der hat gesagt, niemand darf vorher wissen, wohin wir fahren, das sei sicherer. Michael richtete sich auf, soweit es ihm möglich war, und setzte ein besorgtes Gesicht auf, um seinen Worten das nötige Gewicht zu verleihen.

Es ist ja auch sicherer, ich bin der beste Beweis dafür. Wenn ich es wüsste, würde ich vielleicht doch irgendwann etwas sagen, Ihnen oder der Polizei, wenn die mich so unter Druck setzt, die wird ja auch bald kommen. Anna und David schauten sich an und fragten beinahe gleichzeitig, warum nimmst du an, dass die Polizei zu dir kommen wird?

Ach, ich weiß nicht, kann ja sein. Michael wollte nicht mehr reden, das war ihm deutlich anzumerken, aber es waren noch so viele Fragen offen.

Michael, sag' uns, wann kommen sie zurück? Das weiß ich nicht, nein, das weiß ich wirklich nicht.

Sag uns, was wolltet ihr machen`?

Michael überlegte, was durfte er ihnen sagen und was nicht. Von den Botschaften sollte er ihnen besser nichts erzählen. Aber dass sie lernen wollten, das könnte Frau Herzberg ruhig erfahren, und er sagte, dass alle, die in einem Fach sehr schwach wären, von den Guten aufgepäppelt werden sollten, auch Schulbücher wollten sie mitnehmen, das war prima aufgeteilt, jeder brauchte nur die Sachen für ein Fach zu tragen.

Michael wurde immer lebhafter: Also, das ist jetzt kompliziert, Jan, Sofia, Tom und ich, wir sollten alles für Mathe mitbringen, Lukas, Sarah und Tera für Englisch – versteht ihr? Oh, verstehen Sie?

Ja, wir verstehen, das habt ihr gut organisiert. Habt ihr die Fahrt auch so gut geplant? Wo wolltet ihr euch treffen?

Hinter dem...

Michael, antworte nicht oder denk' dir etwas aus, wenn die Polizei dich fragt, fuhr David dazwischen. Was ist nur in ihn gefahren, dachte Anna, er macht sich ja zum Komplizen. Was eben geschehen ist, darf Michael nicht weiter erzählen, und nun redete sie auf den Jungen ein, etwas durcheinander, sich oft wiederholend, du darfst es niemandem sagen, und das konnte beides meinen, den geplanten Treffpunkt und die Tatsache, dass Herr Broch ihm geraten hatte, den Ort nicht zu nennen.

Michael war dankbar, dass Jans Vater ihn davor bewahrt hatte, sich zu verplappern. Sie können mich gern wieder besuchen, sagte er strahlend, als die beiden sich verabschiedeten.

Das Strahlen ging leider nicht auf Anna Herzberg über. Auf der Rückfahrt verdüsterte sich ihr Gesicht immer mehr. Das dürfen sie mir nicht antun, sie bleiben nicht nur drei Tage weg, das hast du auch so verstanden, nicht wahr, das dürfen sie mir nicht antun. Du weißt, wie ich das meine, es ist nur wegen all dem, was auf mich zukommt. Ja, du hast noch vor mir erkannt, dass sie länger wegbleiben werden. Wir sagen das noch nicht

46

weiter, nein, noch nicht. Morgen wird es losgehen, die Polizei, die Zeitungen.

Aber es war schon etwas losgetreten worden. Der umsichtige Freund sah noch rechtzeitig zwei Gestalten vor Annas Haus, die wie Reporter aussahen, der eine trug einen großen Fotoapparat über der Schulter, und David bog schnell in eine Nebenstraße ab. Anna sollte sich nicht den begierigen Fragen nach Verführung und Entführung aussetzen. Beide waren sich sicher, dass Maries Vater die Lokalzeitung mit seinen wilden Vermutungen gefüttert hatte, wie sich später auch bestätigte.

David wollte die derart Verfolgte mit zu sich nach Hause nehmen, sie schützen und trösten, aber Anna zog es zu Luisas Vater, und sie ließ sich vor der Villa absetzen.

Sechs

Wie sie von Luisa wusste, lebten Vater und Tochter allein in dem großen Haus, umsorgt von einer sardischen Haushälterin. Luisas Mutter hatte Mann und Tochter vor ein paar Jahren verlassen, mehr hatte Luisa dazu nicht gesagt. Anna fragte sich, wie diese ihr unbekannte Frau ihre Tochter, ein so liebes, intelligentes Wesen, verlassen konnte, wie sie einen Mann verschmähte, zu dem es Anna über die Maßen hinzog. Seit ihrer Scheidung vor fünf Jahren hatte sie sich auf keine Beziehung mehr eingelassen, besser allein als schlecht zu zweit, sagte sie sich immer. Aber gut zu zweit – das wäre doch besser. Philipp Jakobi. Sie war ihm nur zweimal begegnet, bei dem Gartenfest vor einem Jahr und bei einem Elternabend. Wenn sie sich manchmal vorstellte, wie es wäre, wieder mit einem Mann zusammen zu leben, dann kam nur er ihr in den Sinn. Sein weiches Lächeln, die dunklen Augen, die lustig und tief traurig zugleich sein konnten. Bei ihm könnte sie sich heimisch fühlen, überall.

Vor dem Einfahrtstor blieb sie stehen. Das Haus sah nicht mehr so verlassen aus wie am Morgen, die Jalousien im Erdgeschoss waren geöffnet, und so klingelte sie. Als die Sprechanlage summte, sagte sie, ich bin

Luisas Klassenlehrerin. Sie brauchte gar nicht weiter zu sprechen, das Tor öffnete sich, eine kleine Frau eilte die Freitreppe herab auf sie zu. Die sardische Haushälterin, die sie kaum kannte, fasste sie an den Armen, was ist mit Luisa geschehen, sagen Sie es mir, Luisa, sie ist nicht nach Hause gekommen.

Luisa ist nichts passiert, beruhigen Sie sich, kommen Sie, ich bringe Sie ins Haus, und Anna Herzberg führte die Schluchzende wieder die Treppe hinauf in die Eingangshalle, ging auf eine Tür zu und fand sich in einem lichten Raum mit großen Erkerfenstern wieder. Sie setzte die Frau in einen weichen weißen Sessel und sich selbst auf das Sofa daneben. Da erst fühlte sie, wie müde sie war, doch die Frau neben ihr musste getröstet werden.

Beruhigen Sie sich, die ganze Klasse ist verschwunden. Gleich merkte sie, weil sich neben ihr das Schluchzen wieder verstärkte, dass das nicht die richtigen Worte zur Beruhigung waren, die vielen Zettelchen mussten erwähnt werden, macht euch keine Sorgen, es geht uns gut.

Hat denn Luisa kein Zettelchen hinterlassen? Wo könnte eines sein? Sie gingen zusammen in Luisas Zimmer, da war nichts. Sie gingen in des Vaters Schlafzimmer, in das Badezimmer, da war nichts. Sie gingen in die Küche, schauten im Kühlschrank nach, dann machte Anna, warum, wusste sie nicht, die Küchentür zu, und da klebte ein großer Zettel: *Renata, mach dir bitte keine Sorgen, wir machen einen Klassenausflug. Bitte ruf' Papa nicht an, es geht uns gut!* Natürlich hatte Renata am Morgen Luisas Vater angerufen, und natürlich hatte der Vater sich Sorgen gemacht. Er wollte sofort seine Geschäftsreise abbrechen und am Abend zurückkommen. Nun machte sich Anna Sorgen um ihn, der nicht wie die anderen Eltern ein Zettelchen zur Beruhigung bekommen hatte, der verzweifelt sein musste, weil seine Tochter verschwunden war.

Sie gingen zurück in den Salon. Renata hatte sich wieder gefasst. Sie nahm die Müdigkeit der Lehrerin wahr. Darf ich Ihnen etwas anbieten?

Ja, einen Whiskey bitte, dabei mochte Anna keinen Whiskey, sie hatte nur das Bedürfnis, sich auszubrennen. Es wird schon alles gut werden, sagte sie mehr zu dem weißen Flieder in der großen Bodenvase als zu Renata. Sie wollte nicht auf Luisas Vater warten, war zu erschöpft, wollte nun gehen. Zeigen Sie ihm den Zettel, dann wird er sich beruhigen. Dann fragte sie doch noch, ob Renata in der letzten Zeit etwas aufgefallen sei.

Ja, alle die lieben Mädchen und Jungen waren in den letzten vierzehn Tagen fast immer am Nachmittag hier, ich habe Kuchen für sie gebacken, auch gestern, aber da sind sie ja nicht gekommen. Wollen Sie ein Stück? Nein? Sie taten so geheimnisvoll. Wenn ich hereinkam, sprachen sie nicht weiter, ich glaube, sie schrieben etwas oder lasen gemeinsam. Sie sind so fleißig und lieb. Einmal hörte ich, als ich die Tür öffnete, „Quirra" und ich sagte, Quirra, das ist doch ein Ort auf Sardinien! Aber nein, sagte Luisa, Quirl, das weißt du doch, damit verquirlt man Eier.

Anna Herzberg fühlte sich nicht mehr fähig, über die Kuchennachmittage und den Quirl weiter etwas zu hören oder darüber nachzudenken. Sie wollte nur nach

Hause, nichts mehr hören, nichts mehr sagen müssen, vor allem nicht zu Reportern, die sie vor ihrem Haus zu sehen meinte. Darum schlich sie sich von hinten durch den Kellereingang in ihre Wohnung.

Vielleicht war es ein Fehler, nicht mit den Reportern zu sprechen, dachte Anna noch, als sie später im Bett lag, aber der Gedanke verblasste in der Müdigkeit, die sie unwiderstehlich in den Schlaf zog.

Es war ein Fehler gewesen. Das bestätigte sich am nächsten Morgen. Anna Herzberg frühstückte wie so oft im Bett – ein Cappuccino, ein Brötchen und dazu die Zeitung, die sie abonniert hatte, nicht das Lokalblatt, das zu lesen sie sich weigerte –, als das Telefon um sieben Uhr klingelte.

Liebe Frau Kollegin, Sie sind da? Ja, wie gut, dass Sie nicht verschwunden sind, ich wusste es doch, dass Sie nicht verschwinden.

Warum sollte ich verschwunden sein, Herr Direktor? Und der Direktor berichtete ihr von einem Artikel in der Lokalzeitung, der alle Unterstellungen von Maries Vater brachte und die Beschuldigung, dass Frau Herzberg die Klasse verführt und entführt habe, noch mit der Vermutung stützte, nun sei auch die Lehrerin Herzberg verschwunden. Der Direktor machte eine Pause und sagte dann: Ich werde sie verklagen, ja ich werde sie verklagen.

Wen? Mich?

Aber, liebe Frau Kollegin, warum denn Sie? Die Zeitung und diesen Vater wegen übler Nachrede! Ja, ich werde sie verklagen, ich werde sie verklagen. Es gelang

Anna, den Erregten mit dem Versprechen zu beruhigen, dass sie sich umgehend auf den Weg machen werde, ein Versprechen, das einzuhalten ihr nicht ganz gelingen würde angesichts der Tatsache, dass sie ja noch nicht angezogen war. Eine halbe Stunde später traf sie im Sekretariat auf den Direktor und David Broch, der wieder einmal den richtigen Weg wies: den Chefredakteur der Zeitung anrufen und ihn auffordern, eine Richtigstellung zu bringen, sofort auf der Homepage der Zeitung und in der Ausgabe des nächsten Tages.

Aber das Gerücht war nicht mehr aufzuhalten, tickerte in viele Redaktionen, interessierte nicht nur Skandalblättchen, und so belagerten nach kurzer Zeit immer mehr bebrillte, bärtige, langhaarige, blondiert gelockte, kurz geschorene, blasse und skigebräunte Menschen das Schulgebäude. David Broch hatte das vorausgesehen und dem Direktor geraten, den Hausmeister mit ein oder zwei nicht der Flüsterecke angehörenden Lehrern am Eingang zu postieren und Fremde abzuweisen. Wenn sie sich als Reporter ausweisen konnten und ihre Karte hinterließen, sollten sie mit dem Hinweis auf eine Pressekonferenz vertröstet werden.

Wer sich schon auf den Weg gemacht hat, gibt nicht so schnell auf. Die Belagerer zogen sich hinter die Buchsbaumhecke zurück, stürzten sich von da wie aus einem Hinterhalt auf die ersten Schülerinnen und Schüler, die gegen Ende der sechsten Stunde aus dem Gebäude kamen, zerrten ihre Opfer an Jackenärmel zu sich heran und fragten sie nach der verschwundenen Klasse. Da nicht in allen Familien morgens das Lokalblatt gelesen wurde und das Geheimhaltungsgebot in der Schule einigermaßen funktioniert hatte, waren es meistens Reporter, die Schüler informierten, und nicht umgekehrt, und die so informierten Jugendlichen taten in den folgenden Stunden mit Hilfe von Facebook und Twitter das Ihre, um die aufregende Nachricht schnellstens zu verbreiten. Wenn es sehr schnell gehen soll, purzeln manchmal Buchstaben durcheinander oder fallen in ein schwarzes Loch. Unwillentlich werden so Falschmeldungen gesendet, wie in dem offenen Chatroom einer neunten Klasse, wo es einige Minuten um die Frage ging, welche „Kasse" mit wie viel Geld denn verschwunden sei und warum das als eine wichtige Meldung bezeichnet werde. Auf der Kommunikationsplattform der Schule korrigierte ein Musterschüler die Meldung vom Verschwinden „verfrühter Jugendlicher" sehr einfühlsam in „frühreifer Jugendlicher", nimm' es mir nicht übel, wenn ich dich verbessere, der Ausdruck „verfrühter Jugendlicher" gibt keinen Sinn. Neue Blogs wurden eingerichtet, auf denen verschiedene Aspekte des Ereignisses diskutiert wurden, macht es Sinn zu verschwinden, warum haben sie das wohl getan, meldet euch, wir sind auf eurer Seite. Aber die Verschwundenen meldeten sich nicht.

Am späten Nachmittag machte sich ein Computerfreak aus der Parallelklasse an die Arbeit, suchte bei Facebook nach Spuren von der 10a, knackte nach kurzer Zeit das Passwort ihres geschlossenen Chatrooms und fand nur einen leeren Raum vor. Alles war gelöscht bis auf einen Eintrag, *slow communication,* der keine Beachtung fand.

Mit doppelt gesicherter *slow communication,* mit Briefen und Telefonanrufen, war zu dem kurzfristig angesetzten Elternabend geladen worden. Der seit drei Tagen meist leere Raum 312 war gegen 18.00 Uhr voller denn je, weil der Raumbedarf für einen Schüler sich verdoppelt, wenn Vater und Mutter erscheinen, sich vervielfacht, wenn Geschwister oder Großeltern ihre Sorge um den Vermissten, die Vermisste durch ihre Anwesenheit kundtun wollen. Als sich gezeigt hatte, dass die Stühle nicht ausreichen würden, hatte eine praktisch denkende Mutter den Vorschlag gemacht, die Tische an die Wand zu rücken und so zusätzliche Sitzgelegenheiten zu schaffen. Alle, die schon einen Sitzplatz hatten, standen auf und fassten mit an, nur einer blieb als Bremsklotz in der ersten Reihe neben der Tür sitzen, Maries Vater, und er machte allen, die ihm zu nahe kamen, klar, Tische und Stühle verrücken ist untersagt, was keine und keinen daran hinderte, um ihn herum zu schieben und zu rücken.

Pünktlich um 18.00 Uhr betraten der Direktor und Frau Herzberg den Raum, der vom warmen Licht der Abendsonne erfüllt war und die Sorgenfalten in vielen Gesichtern weich zeichnete.

Verehrte, liebe Eltern, wie schön, ja wie schön, dass Sie sich nicht von der Sorge um Ihre geliebten Kinder erdrücken lassen. Glauben Sie nicht den reißerischen Nachrichten über Verführung und Entführung. Sie wissen, dass es Ihren Kindern gut geht, die Lieben sollen ja alle Zettelchen geschrieben haben. Die Polizei ist eingeschaltet, das war nicht aufzuhalten, glauben Sie mir, zur Sorge besteht kein Anlass, wenn Sie nach

54

Hause kommen, werden die Ausreißer alle wieder da sein. Ja, aber was machen wir dann mit ihnen, was machen wir, eine Strafe muss doch sein, Schulverweigerung hat harte Ordnungsmaßnahmen zur Folge, aber die sind alle nur für Einzelfälle vorgesehen, Ausschluss vom Unterricht, Versetzung in eine Parallelklasse, Überweisung in eine andere Schule. Warten wir erst einmal ab, hören wir sie an. Wir nehmen das Ganze als einen mutwilligen Streich, der mit einem angemessenen Erziehungsmittel geahndet werden muss. Der Unterrichtsstoff muss nachgeholt werden, das heißt, sie werden die versäumten Stunden – achtzehn sind es – nachmittags nachholen müssen. Nun ja, die betroffenen Kolleginnen und Kollegen werden nicht erfreut sein, anderthalb Wochen zusätzlichen Unterricht geben zu müssen, aber sie hatten ja Freistunden, das werden wir schon regeln können. Was meinen Sie, sollen wir auf diese Weise vorgehen, ich möchte Ihre Meinung dazu hören.

Darüber gab es keine lange Diskussion. Die Eltern waren froh, dass der Direktor Gnade walten ließ. Maries Vater wollte härtere Strafen, vor allem für die Lehrerin Herzberg, sie müsse von der Schule verwiesen werden. Er verließ vorzeitig den Raum, weil sich alle gegen ihn stellten.

Länger gesprochen wurde darüber, was die Töchter und Söhne wohl zu einer solchen Aktion – einfach verschwinden – veranlasst haben könnte. Anna war nach der ersten Frage zur Tafel gegangen und hatte in großen Buchstaben WE HAVE A DREAM – NO MORE FAST SCHOOLING geschrieben. Das habe sie vorgefunden, als sie am Morgen vor drei Tagen den Raum betreten habe. Dann versuchte sie, so knapp wie möglich den Sinn dieser Inschrift zu erklären, auf viele Fragen zu antworten, bis ein Schlusswort kam, nicht von ihr, auch nicht von dem Direktor. Es kam von einer Frau, die Anna gleich aufgefallen war, weil sie Ruhe und Klarheit ausstrahlte und sehr viel Freundlichkeit. Die Frau stellte sich als Sarahs Großmutter vor und sprach heiter von ihrer Freude über die Jugendlichen, die sich nicht alles gefallen ließen, die ein Vorbild sein sollten, weil sie Kraft zum Widerstand zeigten. Mit einem Dank an den Direktor für sein Verständnis beendete sie ihre Rede. Fast alle spendeten ihr langen Beifall.

Die Eltern gingen getröstet nach Hause, in der frohen Erwartung, ihre Kinder sehr bald wieder zu sehen, aber die Betten blieben auch in der dritten Nacht leer. Sorgenfalten vertieften sich.

Sieben

Am nächsten Morgen, dem vierten Tag nach dem Verschwinden der Klasse, stand David Broch am Fenster und schaute auf das alte Schulgebäude, auf die beschnittene Buchsbaumhecke, auf die zu Kugeln gestutzten Bäume zu beiden Seiten der Eingangspforte. Er sah dressierte Schülerinnen und Schüler, die sich willig vom Schulmoloch verschlingen ließen, und sein Magen revoltierte. Er beschloss sich krank zu melden, wenigstens für einen Tag zu Hause bleiben, in Ruhe nachdenken über alles, Nachrichten an Jan senden und darauf hoffen, dass er endlich antworteten würde. Gerade als er die Nummer des Sekretariats geformt hatte, sah er, wie ein Polizeiauto vor der Schule hielt, und er legte wieder auf, zog sich an, ließ den Pfefferminztee stehen und eilte hinüber. Er musste doch Anna beistehen, falls es wieder neue Anschuldigungen gegen sie gab.

Die beiden Polizisten waren gekommen, um sich die Klassenliste mit allen Adressen geben zu lassen. Frau Herzberg wurde wieder einmal aus ihrem Unterricht geholt, die Beamten wollten wissen, ob alle auf der Liste Vermerkten verschwunden seien. Als sie hörten, dass ein Schüler im Krankenhaus liege, bestanden sie darauf ihn unverzüglich zu befragen.

Anna Herzberg sah Michael vor sich, der mehr wusste, als er David und ihr erzählt hatte, der besser nicht alles, was er ihnen erzählt hatte, auch den Polizisten sagen sollte, der sich leicht verplapperte, und darum wies sie entschieden darauf hin, dass ein Minderjähriger nicht ohne Anwesenheit eines Erziehungsberechtigten oder einer erwachsenen Vertrauensperson verhört werden dürfe. Also werde sie, die Klassenlehrerin, mitkommen. Wenig später stieg sie wieder in ein Polizeiauto, was auch diesmal nicht unbemerkt blieb und kurz darauf in der Flüsterecke mit boshaften Bemerkungen kommentiert wurde.

David Broch wurde nicht gebraucht und meldete sich nun doch krank.

Michael, der noch immer mit hoch gelagertem Gipsbein in Ruhestellung gezwungen war, hob den Kopf, als er seine Lehrerin in der Tür sah, und wollte sie mit einem vertrauensvollen Grinsen empfangen. Das aber blieb erstarrt auf seinem Gesicht stehen, als er in den Männern hinter ihr Polizeibeamte erkannte, und er zog die Bettdecke so hoch, dass nur noch der schwarze Haarschopf und die weit geöffneten blauen Augen herausschauten. Der eine Polizist versuchte ihn zum Reden zu bringen, mit dem platten „Na, wie geht's uns denn?" Michael schob ganz langsam die Bettdecke vom Gesicht, zeigte eine Leidensmiene, flüsterte, mir geht es nicht gut, wie es Ihnen geht, das weiß ich nicht. Anna, die hinter den Beamten stand, konnte ein Lachen kaum unterdrücken und zwinkerte Michael zu. Der spielte weiter den leidenden Naiven, antwortete auf alle Fragen mit einem lang gezogenen „Das weiß ich nicht".

Der Polizist war zunächst verunsichert, dann verärgert, er fuhr den Jungen schließlich schroff an, er solle sagen, welchen Treffpunkt sie verabredet hätten, das wenigstens müsse er doch wissen. Anna befürchtete, dass Michael sein Spiel nicht länger werde durchhalten können, und sprang hilfreich ein. Der Schüler sei doch wahrscheinlich von der Mauer gefallen, bevor der Treffpunkt festgelegt wurde.

Schon während sie das sagte, wunderte sie sich über sich selbst, warum half nun auch sie beim Versteckspiel, warum wollte sie nicht, dass die Polizei von dem Ort des Treffens Kenntnis erhielt. Vielleicht war es einfach ihr altes Misstrauen den Ordnungskräften gegenüber. Später gestanden David und sie sich ein, dass ein anderer, ihnen anfangs noch nicht bewusster Gedanke ihr Handeln bestimmt hatte: Sie wollten einfach nicht, dass die Verschwundenen von der Polizei gefunden würden. Es sollte alles so ablaufen, wie es die Klasse geplant hatte. Sie sollten aus eigenem Willen zurückkommen, nicht von Knüppeln gezwungen.

Inzwischen hatten drei Briefe identischen Inhalts mittels *slow communication*, auf dem normalen Postweg, ihre Ziele erreicht: das Gymnasium, die Lokalzeitung und eine eher links gerichtete überregionale Tageszeitung, wo der Brief, ein billiger brauner DinA5-Umschlag, als Absender „Die verschwundene 10a", zunächst keine Beachtung fand. Die für die Verteilung der Post zuständige Sekretärin überlegte einen Augenblick, ob sie den Brief gleich in den Papierkorb werfen sollte, entschied sich dann, ihn dem Volontär zu geben, der aber gerade unterwegs war. Die Lokalzeitung reagierte auch mit einiger Verspätung, weil der Brief der Hand der Sekretärin entglitten war und eine Zeitlang unter einem Schreibtisch lag.

In dem Gymnasium bewirkte der braune Umschlag unverzüglich Hektik. Eine Sekretärin hatte kaum den Absender gelesen, da stürzte sie schon mit dem Umschlag in der Hand aus dem Raum, lief, ihn schwenkend, so als wolle sie die heiße Nachricht abkühlen, auf der Suche nach dem Direktor die Flügeltreppe hinunter und wieder hinauf, dann ins Lehrerzimmer, bis ihr einfiel, dass auch Direktoren ab und zu unterrichten. Sie suchte auf dem Stundenplan, fand heraus, dass er in einer siebten Klasse im Raum 224 Latein unterrichtete, und sie eilte auf der Seitentreppe in den zweiten Stock, riss ohne anzuklopfen die Tür auf, Herr Direktor… Da besann sie sich noch rechtzeitig, nicht vor der Klasse die Neuigkeit verkünden. Sie winkte ihn stattdessen mit heftigen Bewegungen heraus, hielt ihm den Umschlag hin und tippte mehrmals mit der Hand auf den Absender. Ja, ich sehe, sagte der Direktor, die 10a, warum haben Sie nicht gleich einen Brieföffner mitgebracht, gehen Sie wieder hinunter, schneiden Sie den Umschlag vorsichtig auf, nein, lassen Sie ihn hier, bringen Sie mir einen Brieföffner. Nun gehen Sie schon, gehen Sie.

Wenig später saß der Direktor mit einem dolchartigen Gebilde in der Hand an dem Lehrertisch, legte den Umschlag vor sich hin, hielt ihn mit der linken Hand fest, setzte die Spitze des Öffners an den seitlichen Klebverschluss und zog die Schneide unter den

60

neugierigen Blicken vieler Kinderaugen vorsichtig durch. Dann holte er ein zusammengefaltetes DinA4-Blatt hervor, öffnete es und las die mit der Hand in Großbuchstaben geschriebene Botschaft:

„NON SCHOLAE SED VITAE DISCIMUS"
NICHT FÜR DIE SCHULE
FÜR DAS LEBEN
LERNEN WIR
IN EINER SCHULE
DIE ANGEPASST IST AN DIE
KÄLTE DES LEBENS

Er faltete das Blatt wieder zusammen und schob es in den Umschlag zurück. Dann, aus seinem Unterrichtskonzept gebracht, sagte er vor sich hin: *Non scholae, sed vitae discimus*, was heißt das. *Nicht die Schule, sondern das Leben bringt uns was bei*, kam aus der letzten Reihe, gefolgt von einem glucksenden Kichern, das sich unter den Dreizehnjährigen wie eine Welle ausbreitete und erst nach einem strafenden Blick des Direktors und der Ankündigung einer Hausaufgabe wieder verebbte.

Ihr schreibt auf ein Blatt, wohlgemerkt unter die richtige Übersetzung, in drei Sätzen, was die Schule euch für das Leben lehrt. Das Läuten verhinderte, dass er die spontan gegebene Aufgabe, die, kaum ausgesprochen, in ihm eine Vorahnung von unangenehmen Äußerungen und Diskussionen erweckte, wieder zurücknahm. Auf dem Weg nach unten überlegte er, ob er die Botschaft, die im Kollegium ein enervierendes Palaver auslösen würde, der Schulöffentlichkeit vorenthalten könnte, verwarf den Gedanken, weil er ja versäumt hatte, die Sekretärin zur Geheimhaltung zu verpflichten. Öffentlichkeit, das bedeutete auch, dass er den Umschlag der Polizei würde geben müssen, denn der Poststempel könnte einen Hinweis auf den Aufenthaltsort der Verschwundenen geben. Also schickte er die eine Sekretärin mit dem Umschlag zur Polizei und beauftragte die andere, eine Kopie des Briefes an der Pinnwand im Lehrerzimmer zu befestigen.

Hätte die Sekretärin nicht mit bedeutsamer Miene auf den Zettel aufmerksam gemacht, dann wäre die Botschaft wohl nicht beachtet worden, da die Pinnwand nur selten Interessantes zu bieten hatte. Nun aber versammelte sich bald eine Traube vor dem Brett. Was schreiben sie, lesen Sie doch vor, Herr W., und Herr W. las laut vor.

In der Flüsterecke blieb es danach zunächst still, bis Herr M. seinen Oberlippenbart in Bewegung setzte: Wie sagte doch richtig Graf August von Platen: *Kälte nur bändigt den Schlamm, damit er den Fuß nicht beschmutze*. Ja, bestätigte Frau K., cool sein ist Dienstpflicht.

Frau G., eine jung gebliebene Mathematiklehrerin mit weißen Haaren, die in einem immer unordentlichen Konten zusammengerafft waren, schüttelte nur den Kopf und sagte, es gibt keine Liebe mehr unter den Menschen. Dem folgte ein zustimmendes Gemurmel aus verschiedenen Ecken: Die Kälte ist groß, was machen wir bloß.

Was mache ich bloß, fragte sich auch der Direktor und sank in einen Sessel in der Besucherecke seines Zimmers. Es würde eine Reaktion von ihm erwartet werden, und er wusste nicht, war er dafür oder dagegen. Insgeheim gab er den Jugendlichen Recht, aber das durfte er doch nicht öffentlich sagen, eine Welle der Empörung würde ihn überrollen, wegspülen.

Er brauchte Hilfe, Frau Herzberg, Herr Broch, wo waren sie nur, wo sind sie, bitte rufen Sie Frau Herzberg zu mir.

Sie ist im Krankenhaus.

Ist sie krank?

Nein, sie ist mit der Polizei bei dem kranken Schüler.

Und Herr Broch, wo ist er?

Krank.

Im Krankenhaus?

Nein, zu Hause.

Nach Hause, er musste nach Hause gehen zu seiner Frau, sie kannte viele Wege und Auswege. Und er eilte nach Schulschluss zu ihr, hörte ihren Rat an: Wenn sie dich fragen, die Kollegen, die Journalisten, was du zur „Kälte" zu sagen hast, antworte zunächst nicht, dann, wie von oben eingegeben, geheimnisvoll, sagst du, wir helfen den Jugendlichen, ja, wir helfen den Jugendlichen, der Kälte zu widerstehen.

Der Kälte widerstehen?

Ja, der Körper muss sich ihr öffnen, dann…dann wird sie nicht mehr als etwas Feindliches empfunden, verstehst du? Dann wird sie aufgenommen.

Der Ehemann und Direktor schüttelte den Kopf, etwas stimmt nicht an diesem Bild, das ist doch kein Widerstand, du hast die Anpassung hübsch umkleidet. Das werde ich nicht sagen, nein, das werde ich nicht sagen, vielleicht, von oben herab, „kein Kommentar". Aber nun ist erst einmal Wochenende, und ich werde für niemanden, hörst du, für niemanden zu sprechen sein.

Anna fühlte sich ausgeschlossen. Inhalt und Form der Botschaft hatten für sie nichts mit „ihrer" Klasse zu tun. Warum haben sie nicht einfach, *we have a dream – no more fast schooling*, geschrieben, fragte sie David, und der Freund hatte Mühe, ihr klar zu machen, dass *no more fast schooling* für die breite Öffentlichkeit – und die sollte doch erreicht werden – nicht ohne weitere Erklärungen verständlich wäre. Auch fehle da der Zusammenhang zwischen Gesellschaft und Schule, auf den in der Botschaft über die „Kälte" scharf hingewiesen sei. Anna sah das ein, aber sie war nicht getröstet. Erst, nachdem David ihr mit Worten im Überfluss versichert hatte, wie wichtig sie für die Klasse sei, sie habe sie dahin gebracht, sie habe ihnen die Kraft gegeben, Widerstand zu leisten – erst da hellte sich Annas Gemüt ein bisschen auf, aber nicht genug, um dem Reporter vor ihrer Haustür gelassen zu begegnen. Auf die Frage, ob der Botschaft zuzustimmen sei, warf sie ihm nur einen Brocken hin, denken Sie doch selber darüber nach.

Die Denkversuche des Lokalredakteurs waren am nächsten Tag in der Wochenendausgabe zu lesen, zusammen mit bissigen Bemerkungen über die verantwortungslose Lehrerin, die unfähig gewesen sei, den ihr anvertrauten Unmündigen zu vermitteln, wie glücklich das Leben in der Leistungsgesellschaft sein könne. Erfolg nach erbrachter Leistung mache glücklich, Statussymbole, ein größeres Haus, ein größeres Auto machen

64

glücklich, ein angesehenes Mitglied der Gesellschaft zu sein, die Grundfesten des Standortes Deutschland zu stützen – das alles mache glücklich.

Anna hatte gegen ihre Gewohnheit am Samstag das Lokalblatt gekauft, den Artikel gelesen, die Seite gleich darauf zu einem Ball zusammengeknüllt und wütend hinter sich geworfen. Das Ärgernis flog durch das Fenster und brachte noch mehr Ärger. Bei dem Versuch, das Papierknäuel aus dem Rosenbeet zu entfernen, zerkratzte sie sich den Arm, und das brachte ihre Augen zum Überlaufen.

Sie war erschöpft, sie war allein, sie war verliebt. Ein Anruf, bitte ein Anruf, die Stimme vom Mittwochabend, Luisas Vater, er hatte sich bedankt für ihren Besuch in der Villa, bedauert, dass er nicht da gewesen sei, sich entschuldigt, dass er nicht zu dem Elternabend werde kommen können.

Sie wollte die Stimme wieder hören, die Stimme, die zu den traurig fröhlichen Augen passte.

Abends kauerte sie sich in ihr Sofa, wollte sich ablenken, ein Film im Fernsehen flimmerte an ihr vorbei. Am Sonntag ließ sie alle Hefte liegen, da der Rotstift ihr wieder einmal den Dienst verweigerte, und sie machte sich auf zu einem Spaziergang in dem alten Park. Sie schlug einen Seitenweg ein, von dem aus sie in große Gärten schauen konnte, die sich hinter Villen erstreckten, in dunkle, schattige Gärten, in verwilderte, und endlich in den Garten mit besonnten Büschen, Blumen und frühlingsfrischen Bäumen, zu dem es sie hin gezogen hatte. Niemand war zu sehen. Die Jalousien waren heruntergezogen. Sie setzte sich auf eine Bank am Weg, schaute minutenlang ohne die Wimpern zu senken hinüber zu der im Schlaf versunkenen Villa, so als könne sie mit ihrem Blick das menschliche Wesen auf die Terrasse zaubern, das sie so sehr zu sehen wünschte.

Acht

Für den Kommissar gab es kein Wochenende. Er hatte
gleich am Mittwoch eine Sonderkommission, die „Soko
schwarzer Hund", eingerichtet. Der Name bot sich ihm
an, nachdem Nachbarn von Tobias der Polizei und der
lokalen Presse – in der Hoffnung ihr Bild in der Zeitung
zu sehen – mitgeteilt hatten, dass mit dem Nachbars-
sohn auch sein Hund verschwunden sei. Polizisten der
„Soko schwarzer Hund" wurden sogleich ausgeschickt
und suchten in Jugendherbergen und Schullandheimen,
in Stadt und Land nach achtundzwanzig Sechzehnjährigen und einem schwarzen Hund mit vier weißen Pfoten. Schon bald wurde einer auf einem nahegelegenen
Bauernhof gesichtet, und trotz der Beteuerung der Bäu-
erin, dass es ihr Hund sei, rückte eine Einsatztruppe
aus, durchkämmte Scheune, Wald und Flur, musste
aber ohne auch nur einen Sechzehnjährigen gefunden
zu haben wieder abrücken.

    Nachdem das mysteriöse Verschwinden einer
ganzen Klasse am Donnerstag auch der Tagesschau
eine Meldung wert gewesen war, mit einem ausdrückli-
chen Hinweis auf den schwarzen Hundekopf, der auf
dem Gruppenfoto zu sehen sei und der zu einem Tier
mit vier weißen Pfoten gehöre, überfluteten Hinweise

aus der Bevölkerung zu schwarzen Hunden und sich verdächtig verhaltenden Kleingruppen von Sechzehnjährigen die Polizeibüros. Tage später, als alle Meldungen überprüft waren, sinnierte der Kommissar über den Bildungstand seiner Mitmenschen, von denen anscheinend nur ein kleiner Teil bis vier zählen konnte. Die meisten Meldungen betrafen schwarze Hunde mit nur zwei oder drei weißen Pfoten.

Am Freitagnachmittag, der doch ein Übergang ins Wochenende hätte sein können, lagen nun zwei Briefe vor dem Kommissar und brachten ihn zur Verzweiflung und noch mehr Polizisten in Bewegung. Die braunen Umschläge trugen nicht den gleichen Poststempel, sie kamen aus zwei verschiedenen Orten eines südlich gelegenen Bundeslandes, und ein dritter Ort kam durch einen Anruf noch hinzu, als der Volontär der überregionalen Zeitung alle seine Redekünste eingesetzt hatte, um die Chefredakteurin von der Wichtigkeit des äußerlich unscheinbaren Briefes zu überzeugen. Ein anderes Bundesland, das bedeutete, dass das Bundeskriminalamt eingeschaltet werden musste. Gruppen von sieben bis neun Schülern und Schülerinnen wurden in den betreffenden Orten vermutet, und wo sich auch nur drei Sechzehnjährige in den folgenden Tagen zusammen auf der Straße zeigten, wurden sie angehalten und überprüft.

Alle Elternhäuser der Verschwundenen wurden nun endlich von Beamten der Kripo heimgesucht, die Zimmer der Jugendlichen durchwühlt und PCs beschlagnahmt. Laptops waren nicht zu finden, was Anlass zu der Hoffnung gab, die Jugendlichen könnten über das Internet aufgespürt werden. Facebook und Twitter wurden von nun an durchsucht, erfolglos. Es gab zunehmend Gezwitscher über den Fall im Internet, aber keinen Ton von den Vermissten.

Zu sehen waren sie aber von nun an fast täglich, auf dem Gruppenfoto mit Hund, das immer wieder im Fernsehen gezeigt wurde und das bald auch auf T-Shirts prangte. Leider kam auch die „Karikatur eines Klassenfotos" mit den starren Gesichtern in die Öffentlichkeit. Maries Vater hatte es der Bildzeitung geschickt und sich in seinem Kommentar dazu noch gesteigert gegenüber seinen früheren Anschuldigungen. Die Lehrerin habe die Jugendlichen zu Straftaten verführt. Ein Bild von der Lehrerin konnte die Zeitung zu ihrem Leidwesen nicht bringen, denn es war noch keinem Reporter gelungen, ein Foto von der Verführerin zu schießen.

In der folgenden Woche setzte eine ernsthafte Reflexion über die „Kälte" der Schule ein, über den seit Jahren zunehmenden Leistungsdruck auf die Jugendlichen und auch auf die Lehrenden, über den Widerspruch zwischen den im Schulgesetz als Bildungsauftrag aufgereihten hehren Zielen und den von Wissensstoff überbordenden Lehrplänen.

Die Bildungsinstitutionen, so meinten einige, hätten sich gänzlich der Anbetung des „Gottes der Nützlichkeit" hingegeben und folgten den Verkündigungen der Apostel Pisa, Bertelsmann & Co aufs Wort. In der Hand eines solchen Gottes verkomme die Schule zu einer Paukanstalt, in der substanzlose Wesen herangezüchtet würden, bereit sich allem zu unterwerfen.

Derartige Gedanken machte man sich in den Ministerien, in Schulämtern, in vielen Direktorenzimmern nicht. Da gab es andere Sorgen. Alle fürchteten, dass das „Verschwinden" um sich greifen könnte, etwas, das nichts mehr zu tun hatte mit dem harmlosen „Schwänzen", dem unerlaubten Fernbleiben vom Unterricht. In der Hauptstadt war vier Tage nach dem „Verschwinden" der 10a eine ganze neunte Klasse einen Tag lang nicht zum Unterricht erschienen. Wie sich bald herausstellte, hatten alle Schülerinnen und Schüler jener neunten Klasse starke Kopf- oder Bauchschmerzen vorgetäuscht. Die Eltern hatten sie guten Glaubens im Bett bleiben lassen und sie am folgenden Tag mit einer Entschuldigung wieder in die Schule geschickt. Der Fall verursachte viel Ärger, weil der Schulleiter der betreffenden Schule versucht hatte, den guten Glauben der Eltern in Frage zu stellen und weil es viel Kopfzerbrechen darüber gab, wie eine solche Aktion verhindert werden könne. Es stellte sich heraus, dass dagegen kein Kraut gewachsen war, da nicht verlangt werden konnte, dass schon nach einem Tag des Fehlens ein ärztliches Attest vorgelegt werden müsse, und folglich der Betrug, das heißt die Vortäuschung einer Krankheit, nicht nachgewiesen werden könnte.

Des Strafens kundige Staatsdiener und Dienerinnen wurden darauf angesetzt, verschärfte Maßnahmen gegen das Herumtreiben während der Unterrichtszeit, also gegen das übliche „Schwänzen" zu ersinnen. Der erste Erlass verfügte, dass ab sofort Minderjährige, die während der Unterrichtszeit auf Straßen und Plätzen, in Parks und Grünanlagen gesehen würden, überprüft,

notfalls auch inhaftiert werden sollten. Als Rechts-
grundlage für diese Maßnahme diente den beflissenen
Staatsdienern das neue Versammlungsgesetz, demzu-
folge schon zwei Personen eine Versammlung zur ge-
meinschaftlichen, auf die Teilhabe an der öffentlichen
Meinungsbildung gerichteten Erörterung oder Kundgebung bilden können. Im Falle von schwänzenden und
damit gegen den Schulbetrieb protestierenden Schülern
treffe somit der Tatbestand einer unangemeldeten Demonstration zu. Der Vorschlag, Wiederholungstätern
elektronische Fußfesseln anzulegen, wurde aus Kosten-
gründen abgelehnt.

Im zuständigen Schulamt wurde ein Ausschuss
gebildet, der eruieren sollte, welche im Schulgesetz vorgesehenen Ordnungsmaßen bei unentschuldigtem
Fernbleiben vom Unterricht in verschärfter Form an-
gewandt werden könnten. Die ersten beiden Stufen –
Ausschluss vom Unterricht bis zu einem Monat oder
Überweisung in eine Parallelklasse – ließen sich nicht
verschärfen und die verschärften Maßnahmen – Überweisung an eine andere Schule bis hin zur Verweisung
von allen Schulen – ließen sich nicht anwenden, da die
Voraussetzung dafür nicht gegeben war. Die Schülerinnen oder Schüler hätten die Sicherheit von Menschen
ernstlich gefährden oder den Schulbetrieb nachhaltig
und schwer beeinträchtigen müssen. Um den letzten
Punkt gab es hitzige Auseinandersetzungen, da einige
Ausschussmitglieder hartnäckig die Meinung vertraten,
dass Schwänzen ansteckend sei und somit eine schwere
Beeinträchtigung des Schulbetriebs vorliege. Sie gaben
erst Ruhe, als eine wahrhaft abschreckende Maßnahme

vorgeschlagen wurde: erhöhte Geldbußen. Bislang waren für Schulverweigerung pro Tag 7,50 € zu zahlen. Der Ausschuss beschloss einen Antrag an das Ordnungsamt zu stellen, dass der Betrag auf 15 € erhöht werden müsse. Das hätte dann zur Folge, dass die Eltern, die ja letztlich zahlen müssten, einen verschärften Druck auf ihre Kinder ausüben würden. Der schüchterne Einwand, dass viele Eltern, angepasst an die freie Wettbewerbsgesellschaft, ihren Sprösslingen ohnehin zu viel Leistung abverlangten, wurde überhört.

Neun

Am Donnerstag, zehn Tage nach dem Verschwinden der Klasse, kam die zweite Botschaft an, aus Italien. Die Sekretärin entdeckte den Brief sofort, weil sie den Auftrag hatte, immer als erstes nach Post von den Vermissten zu suchen. Sie griff diesmal gleich zum Brieföffner, klopfte an die Tür des Direktorenzimmers, klopfte noch dreimal, öffnete dann zaghaft die Tür, der Raum war leer.

Die große Pause hatte gerade begonnen. Schülerinnen und Schüler strömten die Treppe herunter, die Sekretärin hastete gegen den Schwall hinauf, kam atemlos im Lehrerzimmer an, ich suche, ich suche den Herrn Direktor. Wir haben ihn heute noch nicht gesehen, was ist, bringen Sie eine neue Botschaft? Zeigen Sie her, nun zeigen Sie schon, und in der Flüsterecke erhoben sie sich, die immer Neugierigen. Sie umringten die arme Frau, die sich nur schwer befreien konnte, die den Brieföffner verlor, ihn zwischen den sie bedrängenden Füßen suchte und fast auf allen Vieren zur Tür gelangte. Sie eilte in die Bibliothek, schaute auf den Hof, wo kann er nur sein. Auf dem Weg zurück ins Sekretariat wäre sie vor der Lehrertoilette fast mit dem Gesuchten zusammengestoßen.

Oh, oh, Sie sollten mit einem derart spitzen Gegenstand nicht kopflos umherlaufen, sagte er und nahm ihr Brief und Brieföffner aus der Hand, schaute auf den braunen Umschlag und versuchte den Poststempel zu entziffern. Monreale, das ist auf Sizilien, bei Palermo, ein berühmter Ort. Die Ausreißer machen also eine Bildungsreise, wie schön, sie besuchen Wilhelm den Guten, den Dom von Monreale. Rufen Sie den Kommissar an, sagen Sie ihm Sizilien, sie sind auf Sizilien, in Monreale.

Er öffnete noch im Flur den Briefumschlag, zog den Inhalt heraus, entfaltete das Blatt und fing an zu lesen.

UNHEIMLICH SCHÖN

Das Meer vor uns
glitzernd
smaragdgrün leuchtend
tiefblau am Horizont
Düfte von Rosmarin Salbei Thymian Myrte
im Windhauch vom Land
endloser Strand nach Süden
im Norden ein Landarm aus rötlichen Klippen

Unsere Füße
malen Kreise
in den feinen weißen Sand

Wir tanzen
tanzen
wir tanzen
ins Meer

Sie kommen nicht hierher
die jungen Schlanken diskret gestylt
Längsfalten in den Hosen
Querfalten auf der Stirn
immer in Sorge
um ihren Aufstieg
die alten Herren
auf sicheren Stühlen
laut ihr breites Lachen

Sie kommen nicht
HIERHER
haben sie den
TOD
gebracht
unsichtbar
im unheimlich schönen Meer
im unheimlich schönen Sand,
im Wind aus dem Salto di Quirra
in den Pflanzen
im Fleisch in der Milch im Käse

Die Vergiftung wird sichtbar
da schauen sie weg
ein Schaf mit zwei Köpfen
das gibt es nicht
ein einziges Auge
UNHEIMLICH groß auf dem Kopf eines Kalbs
das gibt es nicht
Monsterkinder
die gibt es nicht

So viele Dahinsiechende
TOTE überall
durch feinsten Staub
von verschossener
Uranmunition

Geht nicht ins Wasser fasst die Pflanzen nicht an
haltet den Atem an
wenn der Wind vom Land kommt.

Wir tanzen
wachsam

Gestylte Schlanke
mausgraue Helferinnen und Helfer
Gleichgültige
im Reichtum erstickte
Profiteure des Todes
Affen
eines kalten Gottes

Wir
tanzen
wir tanzen
in die Welt

Der Direktor war ganz und gar aus der Fassung geraten. Der Umschlag flatterte aus seiner Hand, auf dem Steinfußboden klirrte der Brieföffner.

David Broch, der aus dem Lehrerzimmer den Flur entlang kam, erfasste sofort die Situation: eine Nachricht, eine schlechte Nachricht. Dann ist auch Jan etwas geschehen, sagen Sie mir, bitte sagen Sie mir, was ist geschehen.

Sie sind auf Sizilien, es ist furchtbar, sehen Sie, und der Direktor zeigte auf den Briefumschlag am Boden. David hob ihn auf, schaute auf den Poststempel, San Gavino Monreale, das ist auf Sardinien, dort war ich im Sommer mit meinem Sohn.

Sie waren dort mit Ihrem Sohn, dann lesen Sie, es ist furchtbar, es ist furchtbar, wie kommen die Kinder nur auf so etwas.

Furchtbar. David Broch war zutiefst erschrocken, seinem Sohn war etwas Furchtbares passiert, seinem Kind, das schon lange kein Kind mehr war.

Er atmete auf, als er die Botschaft gelesen hatte. Sie tanzen, sie wollen leben, das ist die Hauptsache. Sie waren auch nicht in der verseuchten Zone, wie ihm der Poststempel sagte. Und doch war es furchtbar. Es muss den Jungen so lange, so sehr, beschäftigt haben. Aber nicht das war furchtbar. Nein, das nicht, sie müssen es wissen, wir können es nicht von ihnen fernhalten, er hatte es von Jan nicht fernhalten können, als sie zufällig darauf gestoßen waren. Sie haben zusammen nachgeforscht, die Menschen dort befragt und im Internet gesucht und sehr viel gefunden über den größten Truppenübungsplatz Europas, Perdasdefogu, im Salto di Quirra. Sie waren an dem unheimlich schönen Strand gewesen, hatten in dem unheimlich schönen Meer gebadet, nur einmal, bis das dunkle Mädchen kam, geht nicht hinein.

David Broch wollte nach Sardinien, sofort, und das sagte er etwas ungestüm, wie es sonst nicht seine Art war. Der Direktor solle ihm den Freitag frei geben, er könne die Klasse finden, und David dachte an das sehr abgelegene Landgut, wo Jan und er zehn Tage nur unter Sarden verbracht hatten. Bitte lassen Sie mich fliegen, sofort. Sie wissen, ich spreche fließend Italienisch, ich kann alle befragen, da, wo wir im vorigen Sommer waren. Herr Direktor, lassen Sie mich fliegen, noch heute.

Fliegen Sie, fliegen Sie, aber Interpol wird schneller sein. Ah, Interpol, rufen Sie bitte den Kommissar an, es sei Sardinien, nicht Sizilien, den Briefumschlag schicke ich ihm sofort.

Der Kommissar hatte zwei telefonische Meldungen erhalten, die San Gavino Monreale mit dem sizilianischen Ort bei Palermo verwechselten, das Lokalblatt hingegen hatte sofort gut recherchiert: Sardinien. Am Nachmittag lagen die drei Briefumschläge vor ihm. Sie sind wieder vereint, alle am gleichen Ort, die gleichen Poststempel. Sie sind im Ausland, in Italien. Das war nun nicht mehr seine Sache, nur noch ein Anruf beim Bundeskriminalamt, das über Interpol Unterstützung durch die italienische Polizei anfordern würde. Die müsste dann nach den vermissten Minderjährigen suchen. Fast tat es ihm leid, dass er alles anderen überlassen musste. Der Fall der verschwundenen Klasse ließ ihn nicht los – wie haben sie es bis nach Sardinien geschafft, mit dem Fahrrad und wenig Geld? Sie hatten sich nach Süden bewegt, wie die ersten drei Briefe bewiesen, und dann – mit dem Fahrrad über die Alpen? Nein, er konnte sich nicht zurücklehnen, er musste weiter ermitteln, zusammen mit der Soko „Schwarzer Hund". Hatten alle Fahrräder mit, hatten sie ihre Sparbücher abgeräumt, konnten sie in zehn Tagen Sardinien erreichen? Er sprang auf, suchte auf der Europakarte an der Wand den nächsten großen Hafen jenseits der Alpen. Genua, von da könnten sie mit der Fähre nach

Porto Torres, dem nördlichsten Hafen Sardiniens, gelangen. Zurück zum Internet. Was kostet eine Überfahrt? Aha, die ist schon für knapp 40 € zu haben. Und die Bahnfahrt über die Alpen? Mindestens 200 € müsste jeder haben, und das allein für Fahrkosten hin und zurück. Zurück? Das brauchten sie ja nicht einzurechnen. Er musste sofort feststellen lassen, ob die Vermissten genug Geld zur Verfügung hatten. 200 € sind für manchen sehr viel Geld, es sei denn, die Reicheren hätten für die Ärmeren mitbezahlt. Bei dieser Klasse war ja alles möglich, er musste feststellen lassen, ob es besonders Reiche unter den Eltern gab, aber vielleicht wird das alles nicht nötig sein, und die italienische Polizei hat sie schon morgen aufgespürt.

Zehn

David Broch hatte ähnliche Gedanken hin und her ge-
schoben, verworfen, wieder hervorgeholt, bis er im
Flugzeug saß und sich gegen die Panik rüstete, die ihn
immer beim Start überkam. Gerade sitzen, nach vorne
schauen, tief durchatmen. Oder die Luft anhalten, nicht
atmen? Gedanken in den Untergrund verbannen, Leere
tut gut. Sie bewegten sich in der Tiefe, die Gedanken,
sie ordneten sich neu zusammen zu einer unerwarteten
Lösung und kamen hervor, als der Start geglückt war
und die Anspannung nachließ. Da fing David an zu lachen, in kleinen Stößen, dann unaufhaltsam, bis ihm die
Tränen kamen. Die Frau neben ihm schaute ihn ver-
wundert an. Er schüttelte nur entschuldigend den Kopf,
wie sollte er ihr erklären, was er sich selbst nicht hatte
erklären können. Dabei hätte er doch von Anfang an
klar sehen können: Sie waren nicht auf Sardinien, nein,
da, wo er jetzt hinflog, waren sie nicht.

Er fuhr durch die Lagunen von Cagliari, endlose
Wasserflächen wie bräunlich schimmernde Eisenplat-
ten, matt glänzende Salzseen, am Horizont im Süden
das Meer, blaugrau. Er fuhr in den Abend hinein,
schwarzgelbe Streifen am Himmel. Ein scharfes Rot

quoll von unten hervor, setzte sich breit auf die dunklen Berge.

In ein solches Abendrot waren sie gefahren, als sie von dem unheimlich schönen Myrtenstrand geflohen waren, nicht geflohen, wovor sollten sie fliehen, war es nicht überall. Jan wollte zur nächsten unheimlich schönen Stätte, er wollte alles sehen, alles wissen. Sie fuhren in den Abend, verfuhren sich und landeten wieder an einem Strand, am Strand von Nora, warum war er so leer, umschlungen von Landspitzen, ein Wachturm auf jeder. Es gab für sie dort eine kleine Pension und glitzerndes Meer. Geh nicht hinein, Vater. Ein Fünfzehnjähriger, der am Strand sitzt und weint, der nicht mehr ins Wasser gehen will. Das Bild war eingebrannt in des Vaters Kopf, ein anderes auch, der Junge, der jauchzend ins Wasser stürmt, am Strand von Quirra. Dann lachte er viele Tage nicht mehr.

David war wie von selbst wieder vor der kleinen Pension gelandet, in der sie damals waren. Er ließ sich fallen, warm aufgenommen von Gabriela und Pietro, wieder erkannt als der Gast vom Sommer mit dem traurigen Sohn, jetzt ein verschwundener Sohn. Der Vater, der einer falschen Fährte gefolgt war, erzählte, fragte und sorgte sich bald mehr als um den Sohn um die kleine Pension von Gabriela und Pietro. Die Gäste blieben aus, weil es Italien immer schlechter ging, und David wäre am liebsten noch drei Nächte geblieben, um sie zu unterstützen. Aber er musste sich letzte Gewissheit verschaffen, dass Jan und all die anderen nicht auf Sardinien waren, und die konnte er nur erlangen, wenn er herausfand, wer die Briefe in San Gavino Monreale abgeschickt hatte. Dorthin musste er, das abgelegene Landgut wieder finden. Fast vierzehn Tage waren sie da geblieben, weil Jan nicht mehr ans Meer wollte, nicht mehr an einen unheimlich schönen Strand. Er hatte dort in dem Sohn des Besitzers einen Freund gefunden, Gianni, zwei Jahre älter als Jan. Nach einer Woche mit Gianni konnte Jan wieder lachen, konnte sich wieder freuen an der Landschaft, die er so liebte, an den kugeligen Myrtensträuchern der Macchia, den knorrigen Olivenbäumen auf dem Anwesen, dem Schatten spendenden Wacholder. Manchmal verabschiedeten sich die beiden für einen halben Tag, setzten sich auf Giannis Mofa und verschwanden. Beim ersten Mal sorgte sich der Vater sehr, die vielen Serpentinen, wo wollten sie nur hin, sie sagten es nicht. Später, auf der Heimreise, erfuhr David, dass Gianni einer politischen Gruppe angehörte, die Protestaktionen gegen den bei Oristano gelegenen dritten Truppenübungsplatz vorbereitete.

Er wollte denselben Weg nehmen, den er mit Jan gefahren war, die Hauptstraße nach Iglesias, dann die kleine Straße links abbiegen zum Meer hin. Er fuhr nicht schnell, er wollte die Landschaft in sich aufnehmen, die von niedriger Macchia bewachsenen Hänge, das kräftige Immergrün der Myrte, dazwischen die gelben und rötlichen Farbtupfer der Wolfsmilch, die tiefgrün glänzenden Mastixsträucher. Weiter unten kleine Buchten und die blauschwarze Weite – was war das? – die blauschwarze Weite des Meeres mit länglichen grauen Flecken. David hielt an einem kleinen Parkplatz an, stieg den Hang hinunter zu einem Aussichtspunkt und sah nun große graue Kriegsschiffe im Meer, über denen Hubschrauber kreisten. Er lief zurück, holte sein Fernglas aus dem Auto, entdeckte kleine graue Schlauchboote vor einer Bucht im smaragdgrünen Wasser. Soldaten stürmten durch die Wellen, einige hatten den weißen Strand schon erreicht. Er wollte nichts weiter sehen, es schnürte ihm die Luft ab. Eine Zigarette wäre gut jetzt, die hilft wieder atmen zu können, die hilft die Enge in der Brust, im Kopf zu lösen, ein tiefer Zug, eine Zigarette wäre so gut jetzt. Aber er hatte Jan versprochen nie wieder zu rauchen, der Sohn wollte nicht auch noch den Vater verlieren.

Er versuchte tief durchzuatmen, hielt auf einmal inne, schnupperte, da war der würzige Duft, den er so liebte, der Duft der unscheinbaren italienischen Strohblume mit dem erlesenen Namen Elicriso. Zu seinen Füßen, neben ihm, standen sie, viele kleine italienische Strohblumen. Er pflückte sich eine mit kräftigen Körbchen, ließ den betörenden Duft tief in sich ein, er pflückte noch eine und nahm sie wie einen kostbaren Fund mit sich ins Auto.

Im Sommer mit Jan gab es keine Kriegsspiele zu sehen, nicht in der Haupttouristensaison, dabei kamen hierher nur wenige Touristen. Was sollten sie hier, wo auf dem Capo Teulada mehr als 70 km^2 Land enteignet ist, abgesperrt, vergiftet. Im Meer haben die Graugrüngesprenkelten eine weite Fläche, 450 km^2, um Schiffe versenken zu spielen, wunderschöne sanfte Dünenstrände vom Militär besetzt. Die wunderschönen

Buchten hatten Jan und er aus der Ferne gesehen, die Absperrungen aus der Nähe, die Soldatenunterkünfte, saubere Bungalows hinter Stacheldraht. Auch Soldaten sterben dort, nicht im Krieg zu Tode getroffen. Bauernopfer im Spiel der Profiteure.

Da fuhr er nun wieder vorbei, zu schnell, er wollte nichts mehr sehen, auch nichts von Iglesias, und erst, als er eine Brücke überquerte, samtgrüne Wasserflächen zu beiden Seiten, ein See inmitten von Steineichen, beruhigte er sich und konnte gelassen die vielen Kurven nehmen, als es immer weiter bergauf ging zwischen sanfter hoher Macchia, dicht aneinander geschmiegten tiefgrünen Kugelköpfen. Friedlich war es, eine Stunde lang kein anderes Auto. Auch als er mit Jan hier fuhr, mitten im Sommer, war kaum Verkehr, und Jan sagte zum ersten Mal wieder, schön ist es hier, lass uns hier etwas suchen.

In Guspini hatten sie angehalten, und David hielt auch an, nicht weil er alles wiederholen wollte, nein, es war die praktische Überlegung, dass es auf dem Landgut, seinem Ziel, für Gäste erst abends etwas zu essen gab und es darum besser wäre, hier eine Kleinigkeit zu sich zu nehmen. Er stieg aus, fand ohne sich zu verlaufen zum kleinen Kirchplatz. Da, in einer Seitengasse hatten sie draußen gegessen, Jan und er, da wollte er wieder hin, etwas Vertrautes, er könnte sich an den Rand setzen wie ein Spaziergänger, der sich nur kurz einmal ausruhen möchte. Die Tische draußen waren gedeckt, aber kein Gast war zu sehen, auch er würde sich nicht an den Rand setzen können, der Wind war zu kalt, er müsste hinein gehen.

84

Er blieb stehen. Allein hineingehen. Alle würden ihn aus den Augenwinkeln ansehen, er ist allein, der Arme. Der Kellner würde mitleidig fragen, allein, der Herr? Er war schon lange nicht mehr allein in ein Restaurant gegangen. Immer nur mit seiner Frau, mit Jan, ab und zu mit Anna. Vielleicht sollte er auf ein warmes Essen verzichten und sich mit belegten Brötchen begnügen. Das war wenig verlockend.

Ein erster Schritt über die Schwelle, stehen bleiben, die Augen an das Dämmerlicht gewöhnen. Einen freien Tisch suchen, dabei die Gäste unauffällig mustern, eine Familie mit zwei Kindern, ein gemütlicher Mann, der aussieht, als sei er hier zu Hause, allein an einem Tisch, der Kellner bringt ihm gerade Wein. Am Fenster mit Blick auf die Gasse ein Herr, der sehr geschäftig tut, in eine Akte schaut, er reist und isst wohl dienstlich allein.

David setzte sich an einen Tisch in einer Ecke und sagte sich, weil er noch eine Stütze brauchte, auch ich habe einen Grund allein zu reisen, ich suche meinen Sohn. Danach gelang es ihm normal zu bestellen, normal und genussvoll zu essen und dann, bei einem Espresso, den Fragen nachzugehen, die zu beantworten an der Zeit war. Was wollten sie bewirken, was könnten sie bewirken mit der zweiten Botschaft? Er hatte sich noch schnell eine Kopie machen lassen, auch von der ersten, beide trug er mit sich, im Kopf und in der Jackentasche, da holte er sie heraus, entfaltete sie, legte sie vor sich auf den frei geräumten Tisch und vergaß die Welt um sich. Flüsterecken bedrängten ihn, was soll die Horrorgeschichte aus einem entfernten Fleckchen

Erde, was geht sie das an, was hat das mit Schule zu tun, ja, wenn sie eine Kuschelschule gefordert hätten, da gäbe es doch wenigstens etwas zu lachen! Was sagen Sie? Das hat doch etwas mit Schule zu tun? Die erste Botschaft gehört dazu? Empörend! Unsere Schule soll „Affen eines kalten Gottes" hervorbringen? Die „Affen eines kalten Gottes" ließen die Flüsterecke in David verstummen. Er hatte im Internet nach dem Zitat gesucht, während er auf den Abflug wartete. Es stammte aus einem Trauerspiel, mit dem sich der Student Karl Marx als Dichter versucht hatte. Die „Kinder", so fand er nun, hatten das Zitat sehr geschickt in ihren Text eingefügt. „Affen eines kalten Gottes", die „Profiteure des Todes", die eine Welt der Kälte erschaffen haben und sie beherrschen, eine Welt, in der nicht wahrgenommen werden darf, dass sie Tod bringt, überall. Nichts sehen, nichts hören, nichts fühlen.

David holte tief Luft. Bei jedem neuen Lesen wurde es ihm eng um die Brust. Diese „Kinder", sie wollten die Toten der Quirra nicht mitleidslos im See des Vergessens versinken lassen. Diese „Kinder" haben eine Totenklage angestimmt für unendlich viele, die durch die Gewinnsucht der Mächtigen gestorben sind, für Zahllose, die noch sterben werden, weil der Mensch nichts mehr zählt.

Er seufzte tief. Der Kellner schaute aufmerksam zu ihm hinüber, zu dem Gast, der nun den Mund bewegte. Vielleicht können sie mich hören, irgendwo, Jan, Luisa, Lukas – alle, sie haben es zusammen beängstigend gut gemacht, das unheimlich schöne Meer, der unheimliche Tod. Und sie tanzen. Warum tanzen sie.

Vom Tanz auf dem Vulkan, den er gerade be-
schauen wollte, brachte der Kellner ihn wieder zurück
in die Gegenwart, ob der Herr noch etwas wünsche.
Nein, der Herr wünschte jetzt zu zahlen und zu gehen,
weiter zu suchen nach seinem Sohn, den er hier nicht
finden würde.

Dafür wurde er gefunden, aufgelesen am Straßen-
rand von Gianni. David hatte etwa fünf Kilometer vor
San Gavino Monreale angehalten, weil er unsicher war,
sich nicht mehr recht erinnerte, wo er von der Hauptstraße abbiegen musste. Jan hatte ihm immer den Weg
gewiesen.

David stieg aus, entfaltete die Straßenkarte auf
dem Autodach, das Landgut war auf ihr von Jan mit
einem Kreuzchen eingezeichnet, ein Kreuzchen zwischen zwei kleinen Pfaden. Welchen musste er nehmen,
war es der kleine Seitenweg hier oder der weiter vorn.
Von San Gavino her tuckerte ein Mofa heran, da kam
Hilfe, ein Mensch auf einem Mofa kommt sicher aus
der Gegend und kennt sich aus. David winkte mit erho-
benem Arm. Das bunt gekleidete behelmte Wesen
wollte gerade einbiegen vorn in den Seitenweg, hielt
dann aber an, schaute herüber, fuhr in einem eleganten
Bogen heran und mit einer Handbewegung, die wohl
bedeuten sollte, ihm zu folgen, wieder davon. David
folgte und wusste, unter dem Helm versteckt war Gianni. Friedlich und schön lag das Anwesen da, noch in
vollen Frühlingsfarben, nicht mit ausgetrockneter Macchia wie im Sommer. In der Ferne ruhten grüne Berge.
David stieg aus, Gianni war mit dem Mofa hinter dem
Haus verschwunden.

Wenn er es war, der die Briefe abgeschickt hat – und nur er konnte es sein – dann hat ihn mein Auftauchen in große Verlegenheit gebracht, dachte David, und als Gianni endlich ohne Helm auf ihn zukam, fanden beide nicht gleich die richtigen Worte. Es gab nur ein kurzes Ciao zur Begrüßung. Gianni malte mit der Fußspitze Zacken in den Staub, David schaute zu, als seien es kleine Kunstwerke, dazwischen, come stai, bene, grazie, e tu, grazie, bene, bis endlich Gianni etwas unwirsch fragte, come mai da queste parti, was machst du hier. Das war der erlösende Anstoß, und David fing an zu erzählen, von dem Verschwinden der Klasse, von der ersten Botschaft aus drei verschiedenen Orten, von der zweiten Botschaft, von seiner überstürzten Abreise, seinem Irrtum. Wie alle anderen habe er sich irreführen lassen, dabei hätte er sich doch an das erinnern sollen, was Michael im Krankenhaus Anna und ihm erzählt hatte, Schulbücher haben sie mitgenommen, sie wollten miteinander lernen, dazu macht man nicht eine weite umständliche Reise, dazu fehlt ihnen auch das Geld. Als David von der Situation im Flugzeug erzählte und nicht anders konnte als wieder zu lachen, löste sich die Spannung und Gianni lachte mit.

In das Lachen hinein fragte David Gianni, ob er die Briefe abgeschickt habe, und da verschwand es wieder. Nur der blaue Himmel, von dem der heftige Mittagswind für einen Augenblick alle Wolken weggefegt hatte, lachte noch einmal kurz, dann auch nicht mehr. Gianni schaute scheinbar unbewegt hinauf, in die große Gleichgültigkeit da oben, aber sie erfasste ihn nicht, sie bedeckte nicht seine Unsicherheit.

David wollte sie ihm nehmen, und er redete beschwörend auf ihn ein, er habe niemandem etwas erzählt, er werde niemandem sagen, dass Jans sardischer Freund die Briefe abgeschickt habe, niemand werde es erfahren (und David dachte dabei an Anna – auch sie nicht).

Neanche i miei genitori?

Überrascht von der unerwartet schnellen Reaktion wusste David nicht gleich zu antworten. Auch seine Eltern nicht? Eltern und Sohn, Vater und Sohn. Zwischen Jan und ihm durfte, ja musste es manchmal Geheimnisse geben, und hier, ja, es war besser, wenn Giannis Eltern nichts wüssten, warum, sie könnten in Schwierigkeiten kommen, falls es Nachfragen von der Polizei gäbe, dann müssten sie lügen, und jemanden zum Lügen veranlassen, das geht zu weit.

Si, neanche i tuoi genitori.

Wenn die Eltern nichts erfahren sollten, dann ergab sich für ihn, den unerwarteten Gast, ein Problem. Wie sollte er seine Anwesenheit hier erklären, was nur machte er hier. Lügen müsste er, sie anlügen, das konnte und wollte er nicht. Er musste weg. Keine Aussicht auf zwei schöne Tage in der Wärme einer Familie, mit Gianni, mit Giusi und Nino Ruggiu. Das hätte ihm so gut getan. Aber er musste schnell weg, bevor Nino und Giusi wiederkamen.

Gianni hatte David schon damals im Sommer gemocht, und jetzt mochte er ihn noch mehr, und darum fand er es schade, dass David nicht bleiben wollte, aber er sah ein, es war besser so. Gemeinsam schauten sie auf der Karte nach, wo David die anderthalb Tage bis zu seinem Rückflug verbringen könnte, und fast gemeinsam tippten sie auf Ghilarza, die „Casa di Gramsci", das kleine Museum, devi vederlo.

Si, volevo vederlo da tanto tempo. Ja, das wollte ich schon immer sehen. Erleichtert fuhr David davon, dachte kurz daran, dass er Gianni hätte fragen können, ob er noch einmal Post von Jan erhalten hatte, aber es war ihm nicht mehr so wichtig.

In Ghilarza fand er in einer Pension ein kleines Zimmer bei einer Wirtin mit dunklen Augen und tief schwarzem, zu einem Knoten gebundenen Haar. Sie fragte nur lächelnd „Gramsci", und so war er nicht mehr der Vater, der seinen Sohn suchte, sondern jemand, der von Gramsci lernen wollte. Wenig später ging er zum zweiten Mal seit langer Zeit und zum zweiten Mal an diesem Tage allein in eine Trattoria, ließ sich vom Kellner ein sardisches Menu zusammenstellen, trank guten Cannonau und war so müde und zufrieden wie lange nicht mehr.

Antonio Gramsci, der Mitbegründer der kommunistischen Partei Italiens, gehörte zu den wenigen, die David mit einer fast kindlichen Liebe in sich bewahrte, seit er dessen Briefe aus dem Gefängnis gelesen hatte und etwas aus den Gefängnisheften, in die der Kranke während der zehn Jahre Haft unermüdlich geschrieben hatte, bis zu seinem Tode 1937.

Lange blieb David in dem unscheinbaren kleinen Haus, in dem Gramsci seine Kindheit verbracht hatte, in dem Haus mit so kostbarem Inhalt. Briefe, Fotos, Bücher, liebevoll zusammengetragene Kleinigkeiten, und dann noch etwas ganz Besonderes für Schulklassen, aber nicht nur für sie, etwas, das sich ein Großneffe von Gramsci ausgedacht hatte: Nino, der kleine Gramsci als Komikfigur, erzählt sein Leben, kleine Vignetten, eine nach der anderen an den Wänden eines Zimmers.

Als David das Museum verließ, hielt er glücklich ein Buch an sich gedrückt, „Nino mi chiamo. Fantabiografia del piccolo Antonio Gramsci", das Buch, in dem der Großneffe das Komikleben klug vermischt hat mit Originaltexten, politischen und persönlichen, und so Gramsci wieder sehr lebendig werden lässt, nicht nur für David, aber an jenem Nachmittag nur für ihn. Er legte das Buch nicht mehr aus der Hand.

Der kleine Nino ließ in David wieder lebendig werden, was Resignation schon lange hatte einschlafen lassen. Ganz heftig regte sich auf einmal der Wunsch in ihm, wieder dabei mitzuwirken, die Welt ein bisschen besser zu machen, nicht mehr widerstandslos alles hinzunehmen.

Auf der Fahrt zum Flughafen belagerten ihn Einfälle, drangen ein in Festgemauertes, ließen es zusammenstürzen. Neues erstand. Sich nur so weit anpassen, wie es nötig ist, um den Schülerinnen und Schülern nicht zu schaden. Sich Anna zum Vorbild nehmen, zusammen mehr erfinden, weiter gehen, so weit wie möglich, um sie herauszuholen aus ihrem Käfig, in dem sie gefangen sind im Leistungsdruck und Spaß. Im schrillen Spaß, wenn sie gegen Ende der Schulzeit von Fete zu Fete hüpfen und Sekt spritzend in ihre Studienzeit hineingrölen.

Warum tanzen sie am unheimlich schönen Meer. Warum tanzen sie in die Welt.

Ist es ein Tanz auf dem Vulkan, der Tanz der Spaßgesellschaft, die unbekümmert angesichts der Bedrohung feiert? Nein. Vulkantänzer tanzen nicht „wachsam", ihre offenen Augen nehmen nicht wahr, um sich oder andere zu schützen.

In die Welt tanzen, tanzend gegen die Welt angehen – vielleicht soll das heißen: Ohne Schönheit, ohne Freude ist jeder Kampf verloren?

David wurde traurig, weil er oft so viel Schwere in sich fühlte.

Elf

Der graue Schlierenhimmel, der keine Frühlingsstimmung aufkommen ließ, hob sich kaum ab vom Stahl und Glas der neuen Stadtgalerie, die mit ihren über vierzig Einzelgeschäften viele kleine Läden in der Innenstadt zur Aufgabe zwingen würde wie in anderen Städten auch. Alles so bequem gleich gemacht, jeder kann sich überall zu Hause fühlen, überall die gleichen Angebote. Überall ein abgeschirmter Raum in der Innenstadt, abgeschirmt von Luft, Regen und Bettlern.

Eine Reihe von Häusern hatte dem Shopping-Center weichen müssen. Nur ein Halbrund geduckter Fachwerkhäuser und ein trauriger Geranienbrunnen waren von dem alten Platz in der Innenstadt übrig geblieben. Um den Brunnen herum hatten sich am späten Montagnachmittag wenig junge und ein bisschen mehr alte Frauen und Männer versammelt, auch sie Übriggebliebene, übrig geblieben von der Friedensbewegung, die durch Gleichgültigkeit ausgedünnt war.

Anna hatte mittags eine Nachricht auf ihrem Anrufbeantworter vorgefunden, von Sarahs Großmutter. Sie solle doch um 17.00 Uhr zu einer Kundgebung auf dem alten Marktplatz kommen, das würde ihr gut tun.

Woher kann Sarahs Großmutter wissen, dass es mir nicht gut geht, fragte sich Anna. Zögernd ging sie auf die am Geranienbrunnen Versammelten zu und las das Transparent „Arbeitskreis für Frieden und Abrüstung". Sie erkannte einen alten Aktivisten wieder, der, wie man erzählte, schon 1958 bei der Bewegung gegen den Atomtod mitgemacht hatte.

Inzwischen waren doch noch ein paar mehr Menschen angekommen, auch einige Eltern, die ihr freudig zuwinkten.

Anna fühlte sich etwas verloren. Sie wusste nicht recht, was ihr hier, wie versprochen, gut tun sollte. Da kam Sarahs Großmutter auf sie zu, drückte ihr beide Hände und sagte fröhlich, wir solidarisieren uns mit der verschwundenen Klasse! Und sie erzählte, dass sie für vier weitere Tage, immer um 17.00 Uhr, Kundgebungen angemeldet hätten, unter dem Motto „Rüstung tötet auch im Frieden". Fünf Tage hintereinander, wir begeben uns auf ein weites Feld mit vielen Sprengsätzen, sagte sie. Den ersten Sprengsatz haben die Sechzehnjährigen gelegt. Sie haben auf etwas hingewiesen, von dem selbst wir Friedensleute nichts wussten, auf ein Verbrechen der Rüstungsindustrie auf Sardinien. Wir wollen ihre Botschaft bekräftigen, wir wollen mit ihnen die „Profiteure des Todes" anprangern. Fünf Tage hintereinander eine Kundgebung, bei der jedes Mal die Botschaften verlesen werden sollen. Das, so sagte sie, wird deutlich machen, dass wir ihren Ungehorsam gut heißen.

Oh, das ist ja großartig, sagte Anna, und doch war sie froh, als Sarahs Großmutter sich anderen zuwenden musste, denn sie glaubte nicht länger verbergen zu können, dass es ihr schlechter ging als vorher. Die Solidarität der Großeltern tat ihr nicht gut, sie zeigte ihr, wie klein und schwach sie war. Warum, warum hatte sie nicht zusammen mit David gleich nach der ersten Botschaft zu einer Demonstration „Gegen die Kälte" aufgerufen? Sie hatte sich niederdrücken lassen von kleinlichen Anfeindungen und von Selbstmitleid, weil „ihre" Klasse eigene Wege ging.

Und David war auch seine eigenen Wege gegangen, er hätte mit ihr reden sollen, bevor er die überflüssige Reise nach Sardinien antrat. Am Morgen in der Schule schien er ihr auszuweichen, sie wusste nur, dass er die Klasse natürlich nicht auf Sardinien gefunden hatte, sie selbst hatte es von Anfang an ausgeschlossen, er hätte sie fragen sollen – warum hätte er sie fragen sollen?

Anna hatte das Gefühl, sich zu verlieren. Wer war sie, die Anna, die alles in der Hand haben wollte? Die Anna, die allen helfen wollte?

Anna, die selbst Hilfe brauchte.

Es kam Hilfe, unerwartete Hilfe. Philipp Jakobi, Luisas Vater, stand auf einmal hinter ihr, stellte sich neben sie, hörte mit ihr zusammen, wie eine tiefe ruhige Frauenstimme die beiden Botschaften vortrug. Er hörte mit ihr zusammen den Bericht über die Versuche im Salto di Quirra, wo die „Profiteure des Todes" im Weidegebiet auf Panzer und im Meer auf ein Schiff mit Munition aus abgereichertem Uran hatten schießen lassen. Er hörte die Rede über den zweitgrößten Waffenkonzern in Deutschland. Anna hörte da nicht mehr zu, sie nahm nur Wortfetzen auf, weil sie ein Gebet in den Schlierenhimmel schickte, bitte, Philipp – sie nannte Luisas Vater in Gedanken mit dem Vornamen, so die erhoffte innige Beziehung vorwegnehmend – bitte begleite mich nach Hause, nein, nicht nach Hause, in ein kleines Restaurant, nur wir beide allein, mit einer Kerze auf dem Tisch.

Eine Kerze stand nicht auf dem Tisch, dafür leuchtete Luisas Vater umso heller für Anna, und sie hätte am liebsten ihre Verliebtheit herausgezwitschert, doch das musste noch warten, darum sagte sie nur das Notwendigste, Rotwein, ja gern, insalata mista, oh ja. Fleisch? Nein danke. Spaghetti alle vongole, ja gern. Dann hörte sie immer aufmerksamer zu, wie Luisas Vater von dem Kommissar erzählte, der am Morgen in dem Verlagsbüro erschienen war. Er hatte wissen wollen, ob der Herr Jakobi seiner Tochter Geld gegeben hätte, viel Geld in der letzten Zeit, der schließlich zu der Frage fand, die er von Anfang an hatte stellen wollen: ob der Vater der ganzen Klasse die Reise nach Sardinien ermöglicht habe.

Mein Nein hat ihn nicht überzeugt, er wird mich weiter verdächtigen, sagte Luisas Vater, vielleicht wird er meine Konten überprüfen wollen. Da schüttelte Anna den Kopf und ihre Verliebtheit ab, sie war gefordert zu helfen, mitzudenken. Sie fand es gar nicht lustig, dachte an die Unannehmlichkeiten, die auf Luises Vater zukommen könnten und bot ihm an, mit dem Kommissar zu sprechen, um ihn davon zu überzeugen, dass die Klasse nicht auf Sardinien sei. Sie trug ihre Gründe dafür vor, fand in Luisas Vater einen Zuhörer, der ihr mit einem etwas seltsamen Lächeln in allem zustimmte, aber dem Kommissar helfen wollte er nicht, der solle selbst herausfinden, dass die Klasse nicht auf Sardinien war.

In der folgenden Stunde kamen sich die beiden näher, als Komplizen bei einer Irreführung der Behörden. Das machte ihnen Spaß und führte zu dem von Anna so erwünschten Du.

Am nächsten Tag trafen sich Anna und Philipp wieder um 17.00 Uhr am traurigen Geranienbrunnen. Viel mehr Menschen waren da als am Vortag, denn das Lokalblatt hatte kurz berichtet über die komischen Alten, die glaubten, den Frieden herbeireden zu können, hatte gespottet über die Gutgläubigen, die die Horrorgeschichte der Schulschwänzer ernst nähmen. Der Reporter war zu weit gegangen. Viele empörten sich über den abschätzigen Bericht und waren gekommen, um sich mit den alten Friedenskämpfern zu solidarisieren und mehr zu hören über Rüstung, die schon im Frieden tötet.

Kirchenstille breitete sich aus, als die tiefe, ruhige Frauenstimme die beiden Botschaften vortrug, und die Stille hielt an, als ein „Großvater" über die Wirkung von Uranmunition sprach. Auch Anna hörte anfangs zu, nahm dann zwischen Wut und Tränen nur noch Bruchstücke auf, … *die Kriegsgebiete im Balkan verseucht, im Irak … Tausende Zivilisten und Soldaten gestorben … ihr Sterben totgeschwiegen …… totgeschwiegen…* durch Schweigen getötet, murmelte Anna, wiederholte es immer lauter, so dass Umstehende auf sie aufmerksam wurden.

Zwölf lange Jahre … Bei den damals bevorstehenden Krie-
gen der USA … Afghanistan und Irak…das Thema Uranmu-
nition…keine Rolle spielen…USA…keinesfalls auf diese Mu-
nition verzichten…verzichten wollen sie auch heute nicht…
Deutschland will einer Ächtung von Uranmunition nicht zustim-
men…

…oh Deutschland, flüsterte Anna.

… die Beweise für langfristige und schwerwiegende Ge-
sundheitsschäden durch den Einsatz von Uranmunition sind in-
zwischen erdrückend…

Anna senkte den Kopf, bedeckte ihre Augen mit
den Händen, schwankte leicht, und da legte Philipp den
Arm um sie.

Uranmunition, das strahlende Vermächtnis der Kriege für
zahllose Generationen.

Die Stille hielt auch nach dem Ende der Rede
noch an. Als Anna sich endlich von Philipp löste und
den Kopf wieder hob, entdeckte sie David, der etwas
verloren am Rande der Kundgebung stand. Sie winkte
ihm zu, ging ihm entgegen, hakte sich wortlos bei ihm
ein und zog ihn zu Philipp, ihr kennt euch? Nein, sie
kannten sich nicht, hatten voneinander gehört, sehr
Freundliches, und Philipp sagte gleich, David solle doch
mitkommen in ein kleines Restaurant und ihnen von
seiner Reise erzählen, vom Salto di Quirra. David zögerte nicht lange, er freute sich auf ein Essen in Gesellschaft. Als sie im dämmrigen Restaurant zusammen saßen, fing David langsam an zu erzählen, von der Situation im Flugzeug, da kam Lachen auf auch bei Anna
und Philipp, dann erfasste sie Jans Traurigkeit vom letzten Sommer und Davids Wut über die Kriegsübungen

am Capo Teulada. Das Essen kam für David als Unterbrechung im richtigen Augenblick, denn er musste überlegen, wie er weiter berichten sollte. So wenig wie nötig verschweigen, so nah wie möglich an der Wirklichkeit bleiben. Zu dem Landgut gefahren sei er, wo er im Sommer mit Jan war, weil er habe wissen wollen, wer die Briefe in San Gavino Monreale in den Postkasten gesteckt hatte, das habe er herausfinden wollen. Er habe das Landgut wieder gefunden, aber seine Gastgeber Nino und Giusi Ruggiu seien nicht da gewesen – hier stockte er. Er durfte Anna und Luisas Vater nichts von Gianni erzählen. Ein Versprechen ist ein Versprechen, warum war es so schwer, die richtigen Worte zu finden, im Grunde genommen war alles nur ein Spiel, ein etwas kindliches Versteckspiel, aber wie gut, dass er da hineingeraten war, sonst hätte er Gramsci nicht wieder gefunden.

David lächelte, als er an Ghilarza dachte, und das Erzählen fiel ihm nicht mehr schwer. Die Gelegenheit habe er genutzt und etwas gemacht, was er schon immer wollte, in Ghilarza das Gramsci-Haus besuchen. Luisas Vater war begeistert, er kannte den kleinen und den großen Nino, wollte viel wissen von David, und beide vergaßen Anna, und Anna suchte eine Lücke, um die Frage zu stellen, die ihr wichtiger war als der ihr unbekannte Gramsci: Wer hat die Briefe abgeschickt, wer war der Postgehilfe auf Sardinien, David, hast du ihn entdeckt? Das Ja kam einfach so heraus, und David fühlte sich erleichtert. Es war so einfach, nicht zu lügen, nur ein kleines Bisschen verschweigen, nur die Begegnung mit Gianni verschweigen. Es war so einfach den beiden zu sagen, dass er ein Versprechen gegeben hatte, das Versprechen, den Namen niemandem zu verraten. Ein Versprechen ist ein Versprechen, das verstanden Anna und Philipp, und es genügte ihnen, nun sicher zu wissen, dass die Klasse nicht auf Sardinien war.

Die Drei im dämmerigen Restaurant, alle beim zweiten Glas Wein, hatten eine gewichtige Frage zu beantworten, die für einen guten Staatsbürger gar keine Frage wäre: Soll die Polizei die Wahrheit erfahren? Der Kommissar wusste von Davids Reise und hatte ihn für den folgenden Tag, den Mittwoch, auf das Kommissariat bestellt. Wie sich beim dritten Glas Wein herausstellte, waren alle drei keine guten Staatsbürger. Sie hatten ihre Gründe dafür, nicht nur in diesem speziellen Fall. Außerdem hatten zwei von ihnen Spaß an ihrer Rolle als Verschwörer gefunden, und den wollten sie auch dem Dritten vermitteln und ihm damit die Leichtigkeit geben, vor der Polizei etwas verschweigen zu können, einfach nur verschweigen, dass die Klasse 10a sich nicht auf Sardinien befand.

Zwölf

Davids Füße lösten sich auf dem Heimweg schon leichter vom Boden, und in der Nacht löste sich in ihm noch etwas: der Panzer, der sich immer um seine Brust legte, sobald er auch nur in Gedanken bei der 10b war. Anderthalb Jahre lang hatte er in jener Klasse mehr schlecht als recht Deutsch unterrichtet, weil der Panzer ihn behinderte und noch nicht einmal verhindert hatte, dass die Spitzen der kalt über alles hinweg Lächelnden ihn trafen. Er hatte zugelassen, dass hilflose Schäfchen immer wieder unterdrückt wurden von den über sie hinweg Strebenden, deren schlanke ranke Finger als erste oben sind, die nicht zulassen, dass zaghaft erhobene Hände mit gekrümmtem Zeigefinger den Vortritt bekommen, nein, ich habe mich als erster gemeldet, sie sagen es mit kühler Sanftheit, die keinen Widerspruch duldet. Sie sind darin geübt alles, was das Gebäude ihrer heilen Welt ins Wanken bringen könnten, wegzulachen. *Weltende*, na und? *Dem Bürger fliegt vom spitzen Kopf der Hut, Dachdecker stürzen ab und gehen entzwei.* Weglachen, wegschieben: Sie meinen doch nicht ernsthaft, dass wir so etwas lesen sollen, Herr Broch?

David hatte am Mittwoch vor seiner Reise, dem Lehrplan gehorchend, der Klasse expressionistische

Gedichte vorgelegt und sie schnell wieder zurückgenommen, kraftlos, resigniert, voll unterdrückter Aggression gegen die blasierten Jugendlichen.

Er wollte nichts mehr zurücknehmen. Er würde sich ihnen endlich entgegensetzen. Ihren Käfig öffnen, ihre Blickrichtung ändern. Und seine auch. Wahrnehmen, dass die Angst abzustürzen tief in ihnen sitzt. Weil alles entzwei ist, weil alles wegfliegt, weil nichts mehr sicher ist, darum halten sie sich fest an der Überzeugung, dass sie durch Leistung, durch die Bereitschaft sich anzupassen, durch Disziplin, Selbstkontrolle und bewussten Konkurrenzkampf einen sicheren Platz in der Gesellschaft erlangen könnten.

Ein schüchternes Schäfchen hatte sich gewünscht, die Botschaften der 10a im Unterricht zu besprechen. Mit dem Panzer hatte der Lehrer Broch auch die Angst abgeworfen, und so ging er am Mittwoch zur Doppelstunde Deutsch ohne zu befürchten, dass das Werk seiner geliebten „Kinder" weggelächelt werden könnte.

Die Stunde begann zum Erstaunen aller mit dem untersagten Verrücken von Tischen und Stühlen. Das ist von heute an erlaubt.

David verstand nicht mehr, dass er sich bisher an den Konferenzbeschluss gehalten hatte, dass er nicht schon lange dagegen protestiert hatte, dass er Anna so wenig unterstützte.

Das ist erlaubt, wiederholte er, und notwendig für das, was wir heute vorhaben. Fünf Tischgruppen sollten es sein, findet euch zusammen, und sie fanden sich zusammen, an einem Tisch sechs, die nur unwillig ihre

Plätze in Reih und Glied aufgaben, weil sie es gewohnt waren, für sich allein zu streben, dann weitere sechs, darunter drei von den kalt Lächelnden. Doch so wollte und sollte der Lehrer sie nicht mehr nennen. Drei Tische mit Schäfchen, die der Lehrer nun besser behüten und zum Springen bringen würde und die er insgeheim auch nicht mehr „Schäfchen" nennen wollte.

Der Lehrer Broch teilte die Kopien der Botschaften aus. Nein, es sollte kein Gerede darüber geben, nicht die übliche Textinterpretation. Sucht euch aus, was ihr machen wollt. Es gibt zwei Möglichkeiten. Hier die eine: „Unheimlich schön" – schaut, probiert aus, wie sich der Text auf verschiedene Stimmen verteilt lesen lässt. Überlegt, was schnell, was langsam, was laut, was leise, rhythmisch oder fließend, flüsternd oder schreiend gesprochen werden sollte, dann tragt ihr das Ganze als Team vor. Ihr könnt auch in der zweiten Stunde für zehn Minuten auf den Hof gehen, um alles auszuprobieren. David freute sich über die interessierten Blicke einiger, die sonst nur Interesse vortäuschten.

Die zweite Aufgabe erforderte von dem Lehrer Broch einen weiteren Verstoß gegen einen Konferenzbeschluss, gegen einen der Deutschkonferenz. Die wollte Slam Poetry aus der Schule verbannt wissen, es seien Texte „gewollt ohne Stil, gewollt schmutzig, gewollt aggressiv" war in dem Protokoll der Sitzung zu lesen.

Auch er hatte am Anfang Schwierigkeiten gehabt, den zum Teil flapsigen Stil zu akzeptieren. Inzwischen sah er in Slam Poetry vor allem für Jugendliche die Möglichkeit sich auszudrücken, ja sogar ein Verständnis für Literatur zu entwickeln. Es gab zwei oder drei in der Klasse, die schon bei Poetry Slams, den „Dichterschlachten", gewesen waren, und auf die baute David mit der zweiten Aufgabe. *Non scholae sed vitae discimus / nicht für die Schule, für das Leben lernen wir in einer Schule, die angepasst ist an die Kälte des Leben.* Diese erste Botschaft war ja, genau besehen, zu brav, dem erwarteten hohen Schulstil angepasst, ohne Pep, und die aufzupeppen im Stil der Slam Poetry, gereimt oder ungereimt, gab David als Aufgabe. Dabei müsse nicht der Inhalt des Textes beibehalten werden, nur die Schlagrichtung solle stimmen.

Drei Tischgruppen wählten die Slam Poetry, eine von denen, in der ein geübter Slam Poet saß, machte sich gleich auf die Reimsuche. Zwei Tischgruppen, in denen sich ein großer Teil der von David bisher Gefürchteten befand, entschieden sich für „Unheimlich schön". Das gibt es doch nicht, das mit dem verseuchten Meer und Land haben sie doch erfunden, kam von beiden Tischen als vorsichtige Frage an den Lehrer, und vorsichtig, sehr beherrscht, stellte David die Gegenfrage: Was würde es bringen, wenn die 10a eine Botschaft an die Öffentlichkeit richtete, die nicht auf Tatsachen beruht? Er brauchte nicht weiter zu reden.

Er ging zum Fenster, sah auf der anderen Straßenseite, wie Morgensonnenstrahlen schillernde Gebilde an den Fenstern seiner Wohnung tanzen ließen, hörte hinter sich verhaltenes Stimmengewirr und war zufrieden.

Nach einer halben Stunde kam die sonst so schüchterne Melanie, drückte ihm ein aus einem Heft herausgerissenes Blatt in die Hand und blieb erwartungsvoll stehen. David überflog den Text einmal, dann las er noch einmal, nickte dreimal mit dem Kopf, und Melanie ging glücklich zurück zu ihrer Gruppe. War sie es, die den Anstoß gegeben hatte zu dem Gedicht? *Non scholae, sed vitae discimus / Gib mir schnell noch einen Kuss / weil ich in die Schule muss / da gibt es für mich nur Verdruss / denn ich bin 'ne taube Nuss / sie stopfen mich immer wieder voll / mit Kram den ich dann auswürgen soll / dann bin ich leer und weiß nichts mehr. / Gib mir schnell noch einen Kuss / dann fühl ich, dass ich lebe.* Dann kam Robert mit dem schlenkrigen Gang und brachte einen sehr kurzen Text, noch einer sei schon in Arbeit: *Non scholae, sed vitae discimus / Ich schlage dich / und du schlägst mich / bis einer auf dem Boden liegt / der andere gute Noten kriegt / So ist es eben / das Leben.* Nach einer Stunde lagen fünf Slam-Texte vor, die in zwei Tagen, in der dritten Deutschstunde der Woche, gehört und beurteilt werden sollten. Die beiden Gruppen, die den Vortrag von „Unheimlich schön" vorbereitet hatten, kamen in der Mitte der zweiten Stunde vom Hof zurück. David ließ jede Gruppe einmal vortragen. Dabei würde es nicht bleiben. Es war, als seien zwei verschiedene Texte zu hören gewesen, und das war ein phantastischer Anstoß für eine Interpretation. Die eine Gruppe setzte etwas Düsteres, Aggressives vor, „Monsterkinder" herausgeschrien, das gefiel David gar nicht, aber er hielt sich mit seinem Urteil zurück. Die anderen sechs – die Hälfte davon die sonst kalt Lächelnden – ließen das Meer tanzen: *Das Meer vor uns / glitzernd / smaragdgrün leuchtend / tiefblau am Horizont.* Zwölf Füße bewegen sich im Tanz, eine ruhige Stimme lässt die Landschaft erstehen, dann sieben Zeilen verteilt auf sechs heitere Stimmen, und zwölf Füße tanzen sich steigernd in leichter Wellenbewegung, Vorschwappen, Zurückschwappen, bis auf einmal alle still stehen. Eine kalte eintönige Stimme stellt die Täter vor. Fast flüsternd, mit angehaltenem Atem gedenkt eine andere Sprecherin der Opfer. Dazwischen das „Volk", ein griechischer Chor, alle sprechen gleichförmig: *Das gibt es nicht.*

David meinte zum ersten Mal, seit er in dieser Klasse unterrichtete, zwischen ihm und den kalt Lächelnden so etwas wie ein Einverständnis zu verspüren, und darum scheute er sich nicht zu fragen, ob sie den Text nicht einmal bei der bis Freitag täglich stattfindenden Friedenskundgebung sprechen wollten. Da stach es unerwartet wieder zu, das selbstgefällige spitze Lächeln, wir doch nicht, wir mischen uns doch nicht unter die Friedens-Opas, Krieg gehört nun einmal zum Leben. David hielt die Luft an, er durfte sich keine Blöße geben, seinen Zorn, seine Verachtung nicht zeigen, er musste ruhig bleiben. Krieg gehört zum Leben, meinst du? Krieg zerstört Leben.

Es läutete, und Maximilian, das fein gestylte Oberhaupt der Gruppe, sagte beim Hinausgehen, über die Schulter hinweg, na und, das geht uns nichts an, wir tanzen auf dem Vulkan. Dann kam er zwei Schritte zurück, sah den Lehrer von der Seite an. Was ich Sie schon immer fragen wollte, finden Sie es eigentlich gut, was Ihr Sohn und die 10a machen, wochenlang die Schule schwänzen? Ja, sagte David, und er wusste gleich, dass er sich damit wahrscheinlich geschadet hatte.

Am späten Nachmittag zog es ihn wieder zu dem traurigen Geranienbrunnen. Anna und Luisas Vater waren nicht zu sehen. Nach der Verlesung der Botschaften – die sanfte Frauenstimme ließ das Schreckliche noch schrecklicher erscheinen – wurde ein Redner von außerhalb angekündigt, der über Kalkar sprechen wollte. *Die Nato-Kommandozentrale Kalkar, ein riesiges Zentrum, in dem alle für Luftoperationen benötigten Funktionen zusammengefasst sind, steht seit dem 1. Juli 2013 bereit, um Luftoperationen, um Krieg weltweit zu führen, um auch Kampfdrohnen einzusetzen. Der Einsatz von Kampfdrohnen, das ist Mord auf Distanz per Knopfdruck.* Mord per Knopfdruck. Genau an dieser Stelle erteilte der „Gott der Nützlichkeit" Redeverbot. Man hätte es vorausahnen können, dunkle Wolken verfinsterten schon seit längerem die Aussicht auf Vergebung, und dann krachte es, ein Blitz hätte den Redner treffen sollen, ging aber weit daneben, himmlische Hilfsscharen schütteten Badewannen voll Wasser auf die Friedseligen, dem Redner flog nicht der Hut vom runden Kopf, aber der Sturm fegte ihm Blätter seines Vortrags aus der Hand. Es sollte einfach nicht verkündet werden, dass auf deutschem Boden noch mehr Unfriedliches vorbereitet wurde.

David flüchtete wie viele andere in die zunächst offenen Arme der Stadtgalerie, die die Friedfertigen, doch Kaufunlustigen, schnell als Feinde erkannte, sie aber leider nicht mit Waffen vertreiben konnte. Für David öffnete sich trotz allem noch ein Stückchen Friedenshimmel. Vor ihm stand auf einmal ein durchnässtes Wesen, mit angeklatschten Haaren, kaum wieder zu erkennen. Es war Amelie, die den Verheerungen und

Opfern ihre einfühlsame Stimme geliehen hatte. Sie schaute ihren Lehrer an, sagte danke und war gleich wieder verschwunden.

Dreizehn

Als David beim Hinausgehen an dem Zeitungsstand vorbeikam, fiel ihm eine Schlagzeile ins Auge. *Vermisste Schüler beleidigen Bundeswehr* verkündete das frisch herausgekommene Abendblatt. David nahm sich ein Exemplar und fing an zu lesen. Sie müssen es schon kaufen, und er kaufte es widerwillig, das Skandalblättchen, überflog noch im Stehen den Artikel. Der Standortkommandant hatte Anzeige wegen Beleidigung der Bundeswehrsoldaten erstattet und den dazu gehörigen Strafantrag gestellt. In dem in Zeitungen veröffentlichten und im Internet kursierenden Text *Unheimlich schön* seien Soldaten als Affen bezeichnet worden: *mausgraue Helferinnen und Helfer – Affen eines kalten Gottes.* Das Pamphlet müsse sofort verboten und die Verfasser bestraft werden. Mehr noch als über die unsinnige Anzeige empörte sich David darüber, dass von „Straftätern" die Rede war, noch bevor Ermittlungen eingeleitet oder gar abgeschlossen waren. Sich allein empören tut nicht gut, und darum brauchte er Anna, wo war sie nur, bei ihr zu Hause nicht, er ließ es lange klingeln. Dann, aus dem Handy, ertönte sofort ihre Stimme und bald darauf, nachdem er von der Strafanzeige berichtet hatte, lud sie ihn ein, komm zu uns, wir haben auch ein

Problem. Zu uns, das hieß zu Anna und Philipp Jakobi in die Villa, Luisas Zuhause. David kannte die Villa nur aus Erzählungen, Jan hatte da viele Nachmittage und Abende verbracht, aber wo war sie, die Villa? Noch ein Anruf, und er machte sich auf den Weg, im Auto, weil es immer noch stark regnete. Er fuhr durch aufspritzende Pfützen bis zu einem Tor, das sich vor ihm öffnete, wie von einer geheimnisvollen Hand in Bewegung gesetzt. Am Eingang erwartete ihn eine kleine Frau mit glattem dunklem Haar, die sardische Haushälterin, wie er später erfuhr. Sie nahm ihm den noch immer nassen Mantel ab und lenkte ihn in einen weißen Salon, in den Anna schon hinein gehörte, wie sich gleich zeigte. Als perfekte Gastgeberin servierte sie ihm sogleich seinen Lieblingsaperitif, einen Spritz mit Cynar. Ein Schluck davon tat schon gut, mehr noch Philipps Analyse der Situation. Beleidigung der Bundeswehr? Bald wird eine Schlagzeile lauten *Die Bundeswehr gibt sich der Lächerlichkeit preis*. Weißt du, wie sie auf die deutschen Soldaten kommen? Durch die *mausgrauen Helferinnen und Helfer* in dem Gedicht. Wir haben schnell im Internet recherchiert, weil wir annahmen, das müsse etwas mit den Uniformen der Soldaten zu tun haben, und siehe da, als *graue Mäuse* wurden sie oft verspottet wegen ihrer schlichten grauen Uniformen, und noch dazu werden ihre kurzen Jacken im Soldatenjargon *Affenjäckchen* genannt. Das können wir wahrscheinlich morgen zur Belustigung aller in der Zeitung lesen. Ein Ermittlungsverfahren wird ganz schnell wieder eingestellt werden, wenn sich Polizei und Staatsanwaltschaft nicht auch noch lächerlich machen wollen.

Philipps Versicherungen ließen David für einen Augenblick auf einer leichten weißen Wolke schweben, dann schob sich eine dunkle davor. Anna und Philipp hatten ein Problem. Philipp habe ihr ein Geständnis gemacht, sagte Anna. David zog sich in sich zurück, er wollte nichts wissen von Liebesgeständnissen, das war nicht der rechte Augenblick, verschont mich, gab er mit einer Geste zu verstehen.

David, es geht auch dich etwas an. Philipp hat mir gestanden, dass er seit der Botschaft aus Sardinien zu wissen meint, wo sich die 10a versteckt, hör zu und beurteile, ob er recht hat mit seiner Vermutung.

Und so erfuhr David von dem verwunschenen Schlösschen, dass Philipp vor drei Jahren gekauft hatte, ein heruntergekommenes rotes Backsteingebilde mit vielen Türmchen, in einem großen Park mit alten Bäumen gelegen. Von der Straße aus sei das Haus nicht zu sehen, hinter einem schweren Tor führe eine lange Auffahrt hinauf und verschwinde zwischen Bäumen.

Inzwischen sei es renoviert und zu einer Tagungsstätte umgebaut worden. Licht und Wasser gebe es auch schon, nur die Einrichtung sei noch nicht vollendet. Salvatore Piras, der mit seiner Frau Renata seit fünfzehn Jahren im Gärtnerhaus der Villa lebe und arbeite, habe als eine Art Hausmeister für das Schlösschen gesorgt. Nun sei Salvatore seit gut drei Wochen auf Sardinien, weil sein Vater, ein Schäfer im Gebiet des Salto di Quirra, schwer erkrankt sei.

Philipp Jakobi hatte das Schlösschen als Versteck nicht in Betracht gezogen, nur kurz sei ihm einmal der Gedanke gekommen, dass das Haus ideal sei für die

Klasse, nur dreißig Kilometer entfernt, leicht mit dem Fahrrad zu erreichen. Aber in den ersten Tagen nach dem Verschwinden der Klasse hätten nur Sorge um Luisa und zu viel Arbeit auf ihm gelastet, er habe nicht klar denken können. Dann, als die Botschaft aus drei verschiedenen Orten in Süddeutschland kam, habe er wie alle gedacht, sie seien einfach weit fortgeradelt. Aber Sardinien, das habe er nicht glauben können. Und da tauchte aus dem Nebel das Schlösschen vor seinen Augen auf. Er wollte dort nachschauen. Es waren keine Schlüssel zu finden. Selbst wenn Salvatore den einen Schlüsselbund aus Versehen mit nach Sardinien genommen hatte, hätte der zweite Bund an seinem Platz hängen oder im Schubfach sein müssen. Und auf einmal habe er sich vorgestellt, wie sie im Tagungsraum arbeiten, wie von einem Türmchen Ausschau gehalten wird, wie sie in der großen Küche ihre Spaghetti kochen.

Sie können unbemerkt dort bleiben, solange sie zu essen haben, keinen großen Lärm machen und den Hund nicht frei laufen lassen, meinte Philipp. Er war froh, dass er Anna und David seine Vermutung hatte mitteilen können, dass er nicht allein entscheiden müsste, was zu tun sei. Sie so schnell wie möglich zurückholen, bevor die Polizei sie findet und sie wie Straftäter abführt?

David meinte, solange man sie auf Sardinien vermute, würde hier nicht nach ihnen gesucht, und sie könnten noch ein paar Tage verschwunden bleiben, ja, sie sollten noch verschwunden bleiben, weil noch eine dritte Botschaft kommen werde, kommen müsse, die Botschaft mit ihren Forderungen.

Ja, sagte Anna vor sich hin, *we have a dream, no more fast schooling,* das fehlt noch.

Philipp nannte noch einen anderen Grund dafür, sie noch nicht zurückzuholen. Die öffentliche Meinung werde sich weiter zu ihren Gunsten entwickeln, es gebe immer mehr Zustimmung für sie. Er wischte kurz auf seinem iPad herum, las aus einem Leserbrief vor, suchte immer weiter, las wieder vor und redete ununterbrochen, so als wolle er Anna und David, sich selbst und den Verschwundenen Mut machen. Er sprach von erstaunlich vielen Berichten in Zeitungen, die sich kritisch mit dem Bildungssystem und seinen Folgen befassen, sprach von der Friedensbewegung, die so fantastisch agiere. Aber dann verließ ihn die Zuversicht, es reiche wohl noch nicht, um die Empörung einzudämmen, die Empörung über die unverschämten Jugendlichen, die behaupten, die Schule bringe „Affen eines kalten Gottes" hervor. Es reiche noch nicht, um gegen die Rufe nach Strafe anzugehen, und er berichtete von einem gehorsam vorauseilenden Journalisten, der den gesetzestreuen Lesern einer überregionalen Zeitung genüsslich mögliche Strafen vorgestellt hatte, das gehe von einer Ordnungsstrafe, einem Bußgeld von 1000 €, über Arbeitseinsatz bis hin zum Jugendarrest von drei Wochen, wenn Bußgeld und Arbeitseinsatz verweigert würden. Jugendarrest täte diesen minderjährigen Straftätern, die ihre absolute Unmündigkeit offenkundig unter Beweis gestellt hätten, gut. Da sie ja schöne Ferien auf Sardinien verbracht hätten, könnten sie die Sommerferien ruhig in der Heimat im Knast verbringen, schreibt der treue Staatsdiener.

Die Vorstellung, dass die ganze Klasse in den Jugendarrest kommen könnte, ließ Anna aus der Fassung geraten und sie brauchte einen großen Whiskey, um sich wieder etwas zu beruhigen. David und Philipp gingen das Thema der möglichen Bestrafung sehr viel gelassener an, sie spielten verschiedene Möglichkeiten durch und kamen zu dem Schluss, dass die Jugendlichen, wenn es nach ihnen ginge, Bußgeld verweigern würden, weil das ja ihre Eltern zahlen müssten. Zum Thema Arbeitseinsatz waren beide auch einer Meinung, die, das muss gesagt werden, allerdings ein überaus ideales Bild der Jugendlichen widerspiegelte: Sie würden ihn nur antreten, wenn sie ihn gemeinsam ableisten dürften. Also war Jugendarrest wahrscheinlich. Aber beide wussten keine Antwort auf die Frage, ob die Jugendlichen oder die Eltern über die Form der Strafe entscheiden können.

Anna hatte inzwischen ihre panischen Vorstellungen von den hart bestraften Lieben im Whiskey verschwimmen lassen und sich wieder der aktuellen Frage zugewandt: Wir warten noch. Sie werden noch viel mehr neue Fürsprecher finden. Aber niemand kann besser für sie sprechen als sie selbst, mit einer neuen Botschaft. Hoffentlich kommt sie bald, die dritte Botschaft.

Vierzehn

Am nächsten Tag schon war sie da. Die für die Post verantwortliche Sekretärin musste diesmal nicht durch das Schulgebäude flattern, um den Direktor zu finden, er war nebenan in seinem Zimmer, in einem der bequemen Besuchersessel, versunken in seine Ferienwelt, grün und heil, mit zwitschernden und klopfenden Vögeln. Der Specht, er klopfte dreimal, dann noch einmal.

Es war nicht der Specht, es war die Sekretärin mit einem Brief in der Hand, aus Italien. Die verschwundene Klasse, flüsterte sie. Nein, nein, nicht schon wieder. Rufen Sie Herrn Broch oder Frau Herzberg, und der Direktor sank zurück in den Sessel, den ungeöffneten Briefumschlag in der Hand. Er beugte sich wieder vor. Über die Briefmarke würde sich sein Neffe freuen, eine interessante Marke, Wald im Hintergrund, davor eine Gestalt. Die Stiefel, das Wams und die Topfmütze schwarz, Hose und Bluse weiß, der Gürtel rot. Ein Hirte, ein Bauer, der in der Festtagstracht auf einer langen Flöte bläst, interessant, interessant, ob ich sie vom Kommissar zurückbekommen könnte?

Die kleine Fluchtbewegung in die Philatelie setzte sich fort, als David Broch ohne vorherige Klopfzeichen die Tür öffnete.

Der Direktor hielt ihm den Brief entgegen. Schauen Sie, Herr Broch, was sehen Sie da?

Einen Brief aus Sardinien.

Nein, nein, auf der Briefmarke, was sehen Sie da?

Einen sardischen Hirten, der auf einer langen Flöte mit drei Rohren spielt.

Interessant, interessant, ein exotisches Instrument, so scheint es. Instrumente auf Briefmarken, die sammelt mein Neffe. Wenn Sie wieder nach Sardinien fliegen, dann bringen Sie mir einen dieser sardischen Hirten mit. Sie fliegen doch wieder nach Sardinien, nach Bosa, so sagt der Poststempel. Wo ist das, gibt es dort einen Flughafen?

Nein, ich fliege nicht wieder nach Sardinien, sagte David und hoffte, dass der Direktor nicht nach dem Grund fragen würde.

Sie fliegen nicht? Nun gut, dann bleiben Sie hier, öffnen Sie diesen Brief, bitte.

David holte von dem Schreibtisch am Fenster den Brieföffner. Lesen Sie ihn bitte, sagte der Direktor, ich glaube, ich kann nichts…, ach, nun lesen Sie, lesen Sie schon, aber erst leise, für sich, warnen Sie mich, wenn es wieder furchtbar ist. David öffnete den Brief, entfaltete ihn und las:

WE HAVE A DREAM:
NO MORE FAST SCHOOLING!
Ja, wir wollen lernen
in einer besseren Schule
mit Freude
für eine bessere Welt.

116

DEIN LEID
DARF NICHT MEHR
MEIN VORTEIL SEIN.

Miteinander, nicht gegeneinander.

Wir brauchen Zeit, viel mehr
Zeit zum Nachdenken,
um unsere Gedanken zu ordnen,
Verknüpfungen zu erstellen
um so zu lernen, wie wir
immer weiter lernen können.

Begleiten nur sollen uns
die Lehrenden,
fürsorglich
uns wahrnehmen als Individuen
mit besonderen Begabungen und Schwächen.

Miteinander wollen wir lernen
zu widerstehen
einer Welt
der Kälte.

David hielt dem Direktor den Briefbogen hin. Sie
können die Botschaft unbesorgt lesen, sie beißt nicht,
vielleicht tut sie Ihnen weh. Wenn es so ist, wenn die
Botschaft Sie an etwas erinnert, was Sie einmal wollten,
dann könnten Sie Ihren Schmerz etwas lindern, indem
Sie einen Fehler, den Sie begangen haben, korrigieren.
Erklären Sie den Konferenzbeschluss, der die Tischgruppenarbeit untersagt, für ungültig, denn der Beschluss verstößt gegen die im Schulgesetz garantierte
pädagogische Freiheit der Lehrenden. Ich hätte die

Rücknahme schon lange fordern sollen. Zeigen Sie nun Stärke gegen *mausgraue Helferinnen und Helfer.* David Broch legte den Brief auf den Tisch und ging leichten Schrittes auf die Tür zu. Dann drehte er sich noch einmal um und sah hinter sich ein sehr trauriges Wesen, das mit einem Nicken seine Zustimmung bekundete.

Den Kommissar interessierte nicht die Botschaft, nur der Ort, aus dem sie kam. Er suchte Bosa auf der großen Europakarte an der Wand hinter seinem Schreibtisch. Er fuhr mit dem Finger von dem roten Markierfähnchen, das er an die Stelle gesteckt hatte, wo er San Gavino Monreale vermutete, nach Süden, nach Osten, nach Westen, nach Norden. Der Finger besuchte alle Städte auf der Landkarte, in Bosa konnte er nicht einkehren, wie San Gavino war es sicher zu klein und unbedeutend, um auf der Europakarte sichtbar zu werden. Nun musste doch das Internet helfen, das er nicht so sehr liebte. Er fand das Städtchen, es lag ein Stück weiter nördlich von San Gavino an der Westküste. Ein zweites rotes Markierfähnchen zeigte nun an einer Flussmündung Bosa an. Der Finger des Kommissars fuhr von dort aus in fast gerade Linie hoch nach Norden – Porto Torres – sie sind auf dem Rückweg, die Fähre nach Genua, das ist die Gelegenheit, sie abzufangen, hoffentlich ist es nicht zu spät, sie werden doch nicht heute schon dort sein. Er griff zum Telefon, rief Interpol an, um die neuesten Erkenntnisse durchzugeben.

Nachdem er seine Pflicht erfüllt hatte, sackte er in sich zusammen, faltete die Hände über der leichten

Wölbung seines Bauches, wippte vor und zurück auf seinem Stuhl der höheren Gehaltsklasse, wippte sich in einen angenehm dumpfen Zustand. Nichts konnte er mehr tun. Nichts brauchte er mehr zu tun. Sollen sie doch fröhlich dahin radeln zum Hafen. Vom Schiff in die Arme der italienischen Polizei. Achtundzwanzig Sechzehnjährige und ein schwarzer Hund mit weißen Pfoten. Auf der Straße. Im Bus. In der Eisenbahn … das muss doch aufgefallen sein, die sardischen Zeitungen haben doch sicherlich berichtet über die verschwundene Klasse aus Deutschland. Vielleicht hat die Polizei nicht so viele Helfer wie bei uns. Graue Helfer, die anrufen, die anzeigen, er hat es getan, sie hat sie verführt. Vielleicht sind sie versteckt in den Bergen, in einer der vielen tiefen Höhlen. Da braten sie sich ein Lamm am Spieß. Gibt es auf Sardinien nicht immer noch Reste der alten Banditen, die erlittenes Unrecht mit Unrecht vergelten und sich dann selbst in die Berge verbannen? Banditen helfen Verfolgten, sie haben die Schulflüchtigen versteckt. Nur das würde erklären, dass achtundzwanzig Teenager nicht gefunden wurden. Aber die Briefe. San Gavino und Bosa liegen nicht in den Bergen. Nicht möglich, unmöglich ist, dass sie in zivilisierter Gegend alle zusammen von San Gavino nach Bosa, von Bosa nach Porto Torres fahren können, ohne aufzufallen.

Kein Wippen mehr. Der Kommissar richtete sich auf. Sie waren nicht auf Sardinien, da konnten sie nicht sein. Er stand auf, nahm die Fähnchen von der Landkarte, zögerte einen Moment, denn er gab seine Wanderungen auf der Mittelmeerinsel nur ungern auf.

119

Vielleicht könnte er doch noch einmal mit Herrn Broch, der seinen Sohn dort gesucht und nicht gefunden hatte, auf der Landkarte umherstreifen, um sich von ihm bestätigen zu lassen, dass die Klasse unmöglich auf jener doch zu einem großen Teil zivilisierten Insel sein könne. Nach dessen Rückkehr von der überstürzten Reise hatte der Kommissar nur kurz mit ihm gesprochen. In der Erinnerung schien es ihm so, als habe Herr Broch recht merkwürdig reagiert auf die Frage, ob er glaube, dass die Klasse auf Sardinien sei. Die Briefe kommen doch von dort, hatte er gesagt. Der Kommissar hatte auf das rote Fähnchen gezeigt, da waren Sie? Ja, hatte der Vater etwas verlegen gesagt, nein, seinen Sohn habe er nicht gefunden. Der Kommissar glaubte erkannt zu haben, dass Herr Broch ihm etwas verschwieg, aber es widerstrebte ihm, diesen freundlichen sanften Mann noch weiter zu bedrängen.

Es widerstrebte ihm auch, am späten Nachmittag zu der Friedenskundgebung zu gehen, weil er dort eine ihm unangenehme Aufgabe zu erfüllen hatte. Er musste den Veranstaltern eine einstweilige Verfügung überbringen, die Verfügung gegen das Verlesen und Verbreiten der mutmaßlichen Beleidigung der Bundeswehrsoldaten als „Affen eines kalten Gottes".

Er fragte sich, ob sich die Verfügung gegen den ganzen Text „Unheimlich schön" richtete oder nur gegen die eine Zeile. Die Formulierung ließ beides zu, aber gemeint war sicher der ganze Text. Neben seiner linken Hand stand noch die Schachtel mit den Markierfähnchen. Er würde die Chancen ungleich verteilen, ein rotes Fähnchen würde für das Verbot nur der einen Zeile stehen, die anderen vier Farben, folglich ein großes Gegengewicht, für den ganzen Text. Er schloss die Augen und griff in das Schächtelchen...rot.

Auf dem Platz um den traurigen Geranienbrunnen war es eng geworden. Friedensliebende, Entrüstete, Neugierige, Zustimmende, Zweifelnde, Eltern, Großmütter, Großväter, Geschwister, sehr wenige Lehrerinnen und Lehrer, sehr viel mehr Schülerinnen und Schüler als am ersten Tag, nicht sehr viele Polizisten und Polizistinnen.

Der Kommissar kam zehn Minuten vor Beginn der Kundgebung, aber auch da war schon um die Veranstalter herum kaum mehr Raum, und so konnten Umstehende sehen und hören, was der Kommissar zu übergeben und mitzuteilen hatte. Leichte Unruhe kam auf, gegen die ein Friedensliebender erfolgreich beruhigende Worte einsetzte. Die Kundgebung begann wie immer mit dem Vortrag der Botschaften. Es wurde still, nur hinter dem Geranienbrunnen schien eine kleine Gruppe noch etwas zu bereden haben. Die Frau mit der dunklen warmen Stimme las die erste Botschaft, dann, intensiver als an den vorherigen Tagen „Unheimlich schön". Nach der Zeile *Profiteure des Todes* machte sie eine kleine Pause für die ausgelassene Zeile, setzte schon an zu dem folgenden *Wir...,* als eine kräftige Stimme aus der Mitte der Menge zu hören war: „*Affen eines kalten Gottes*", und noch eine vom Rande und eine dritte aus einer anderen Ecke. Polizisten drängten in die Menge. Die warme Stimme war weiter zu hören, auch die des Kommissars, der aus Erregung zu laut in sein Funkgerät sprach, kein Zugriff, kein Zugriff.

Da der Himmel nicht wie am Vortag mit Donnerschlag eingriff, konnte die Kundgebung ohne Störung fortgesetzt werden. Beifallsklatschen, das nach der dritten Botschaft kräftig einsetzte, störte nur die wenigen Späher der Gruppierungen für Recht und Ordnung, denen auch die abschließende Rede missfiel: Kürzung der Militärausgaben zugunsten der Bildung wurde da gefordert.

Der Kommissar konnte Herrn Broch nicht entdecken. Er hätte ihm gern gesagt, wo die Verschwundenen nicht seien. Er hätte sein Gesicht sehen wollen und ihm zugezwinkert, ja, wir beide wissen, wie die Briefe von Deutschland nach Sardinien und wieder zurückgekommen sind, aber was soll's. Es ist keine Straftat, Briefe für andere zu verschicken, er hat auch genug Sorgen mit seinem kranken Vater, der sardische Gärtner des Herrn Jakobi.

Auch Anna und Philipp hatten kurz geglaubt, Salvatore Piras, der Gärtner, könne der heimliche Postillion sein. Aber zu viel sprach dagegen. Salvatores Vater lebte in Villaputzu, am Rande des Salto di Quirra, und da hielt sich Salvatore auf, nur da, denn der Vater lag im Sterben. Es wäre ein weiter, umständlicher Weg von Villaputzu bis San Gavino gewesen und noch weiter bis Bosa. Aber vor allem sprach Davids Geständnis, dass er wusste, wer die Post abgeschickt hatte, dagegen. Er kannte Salvatore nicht, er war auch nicht in Villaputzu

122

gewesen, also hätte er ihn noch nicht einmal zufällig treffen können. Anna kannte Salvatore auch nicht, aber sie liebte ihn, weil er seinen sterbenden Vater nicht allein ließ, sie liebte Renata, weil sie sich um alles sorgte, sie liebte Philipp, und dafür gab es tausend Gründe und doch nur einen. Renata sagte, sie seien ein wunderschönes Paar. Anna fand das auch, und das veränderte sie. Tagsüber war von außen nichts zu bemerken. Sie ging ihren Aufgaben in der Schule nach, nicht mehr ganz so pflichtbewusst wie drei Wochen zuvor. Der liebe David verblasste in gewissen Stunden im Hintergrund, auch die verschwundene Klasse im nahen Wald. Alles war leichter geworden. Wenn sie an ihrem Schreibtisch saß, verweigerte sich ihr der Rotstift nicht mehr, die Hand griff ohne zu zögern zum Telefon, um Anrufe besorgter Eltern zu beantworten, die am Abend vorher die Lehrerin hatten sprechen wollen und ihre Kümmernisse nur auf den Anrufbeantworter laden konnten.

Alles ließ sich so viel leichter schaffen mit der beflügelnden Aussicht auf den Abend und die Nacht.

Fünfzehn

David war am Donnerstag nicht am Geranienbrunnen gewesen. Als er hatte losgehen wollen, klingelte das Telefon. Er nahm den Hörer ab, eine flüsternde Stimme sprach auf ihn ein: Herr Broch, wie gut, dass ich Sie erreiche. Es ist mir sehr unangenehm, sehr unangenehm. Der Vater eines Schülers aus der zehnten Klasse hat Sie bei mir angezeigt. Er fordert, dass ein Disziplinarverfahren gegen Sie eingeleitet wird, ein Disziplinarverfahren! Sie sollen gesagt haben, dass Sie richtig fänden, was die 10a gemacht hat, also das Schwänzen, den Schulboykott, das sollen Sie gesagt haben. Das stimmt doch nicht, das haben Sie doch nicht gesagt? Ich werde morgen mit Ihnen in Ihre Unterrichtsstunde in der 10b gehen, dann klären wir alles. Sie haben das nicht gesagt.

David lächelte. Noch eine kleine Verschwörung, zuerst mit Gianni, dann mit Anna und Philipp und jetzt auch mit dem Schulleiter, aber nun sollte er lügen? Nein.

Das haben Sie nicht gesagt, wiederholte der Direktor noch dreimal, und es klang fast wie eine Beschwörungsformel. Er meinte es so gut mit dem Kollegen, und der Kollege war gerührt, aber nicht zu bewegen, seine Aussage zurückzunehmen, auch nicht, als der

Direktor mit dem Schreckensbild der Suspendierung den Horizont ganz dunkel werden ließ. Überlegen Sie es sich bis morgen, Herr Kollege, Sie haben den Abend, die Nacht, überlegen Sie es sich, ich möchte Sie nicht verlieren, ich danke Ihnen für das, was Sie heute für mich getan haben.

Ein Schüler, der den Lehrer anzeigt. Ein Vorgesetzter, der sich bei dem Untergebenen für eine „Ohrfeige" bedankt, für den heftigen Tadel.

David brauchte eine Zeitlang, um sich wieder zu finden in einer Welt, die sich verkehrt zu haben schien.

Er hätte gern mit Anna darüber geredet, so wie er sich früher immer mit ihr hatte beraten können – das schien weit zurückzuliegen und war doch bis vor kurzem selbstverständlich gewesen.

Aber Anna war allein nicht mehr zu haben. Nur noch Anna und Philipp. Er war der Dritte, ein Klotz, über den hinweg, um den herum unausgesprochene Liebesbotschaften schwirrten. Und gleich wusste er, das bilde ich mir nur ein, Philipp und Anna, beide sind jetzt meine Freunde. Er kam sich nur vor wie ein Störer, weil ihre Zweisamkeit ihn seine Einsamkeit doppelt fühlen ließ.

Einsam wie lange nicht mehr. Deshalb war Hannah in der Nacht gekommen, um ihn zu trösten. Sie hatte sich neben ihn gelegt, er fühlte sie und war selig, dann wachte er auf und der Platz neben ihm war leer. In den sechs Jahren nach ihrem Tod war er nie in die Versuchung gekommen, eine andere neben sich zu legen. Nur in der Nacht nach seiner Rückkehr aus Sardinien war eine fremde Frau zu ihm ins Bett gekommen.

Er konnte sie nicht erkennen, wusste aber, es war die Sardin, die strenge Schönheit, seine Zimmerwirtin in Ghilarza. Es erregte ihn unheimlich. Als er aufwachte, wusste er nicht, ob er sich schämen müsste.

Sardinien. Falls er suspendiert würde, könnte er ein neues Leben anfangen, natürlich erst nach Jans Abitur. Auf Sardinien – was tun auf Sardinien, Schafe züchten, nein, Wein anbauen, nein, Deutsch unterrichten, vielleicht, eine Stelle als Lektor an der Universität Sassari oder Cagliari, das wär's, aber dazu war er mit sechsundvierzig Jahren zu alt. Politischer Aktivist, das geht immer, aber dazu wäre er noch zu fremd in dem Land. Die Sardin aus dem Traumdunkel holen und mit ihr zusammen das Leben und Gramsci lieben. Sehr verlockend, aber unwahrscheinlich. Hannah würde ihm zureden, weil sie fand, dass er nicht mehr trauern sollte. Aber was könnte die dunkle königliche Frau an einem Blonden mit randloser Brille finden?

Der Gedanke an eine Suspendierung schreckte ihn nicht. Aber etwas anderes bewegte ihn. Trotz der Erfahrung mit den kalt Lächelnden aus der 10 b würden ihm die vielen Gesichter, wache, verschlossene, aufmerksame, abweisende, zufriedene, sie würden ihm fehlen, und das Glückserlebnis, wenn einer oder eine, wie Amelie bei der Kundgebung, sich durch ihn neu gefunden hatte. Zwei, drei Erfolge dieser Art im Jahr, die reichten, um ihn in seinem Beruf zu halten, die reichten, um nicht aufzugeben. Sollte er also auf das Angebot des Direktors eingehen? Nein. Es gäbe sicher Situationen, in der auch er eine Lüge für angebracht halten könnte, aber diese gehörte nicht dazu. Er könnte nicht mehr vor die Klasse treten, sie würden alle wissen, dass er gelogen hatte, denn mindestens zwei andere hatten sein „Ja" gehört und noch dazu hätte er dann noch einen anderen, den kalt lächelnden Maximilian, als Lügner hingestellt, und das war alles andere als ein vorbildliches Verhalten. Die Entscheidung war klar: Es gab nur das Ja. Eindeutig. Er atmete auf und spürte nun, dass er sehr hungrig war. Der Kühlschrank war fast leer. Nur eine Pizza bot sich ihm an. Er sollte besser für sich sorgen, nicht nur für sich, Jan könnte ja in der Nacht nach Hause kommen. David sprang ins Auto, fuhr zu dem Bio-Supermarkt, füllte den Einkaufswagen für Jan, mit Joghurt, Milch, Äpfeln, Pizza viermal, Spaghetti, Tomaten, Schokolade, Knoblauch, Fenchelsalami, Pecorino nero. Wieder zu Hause, packte er alles an seinen Ort, und dann stand er da wie eine Stunde zuvor und wusste nicht, was er essen sollte. So nahm er die Pizza, die ihn schon vor dem Einkauf verlockt hatte, aus dem Eisfach. Als es aus dem Ofen duftete, öffnete er die Flasche Cannonau, die er vor zwei Tagen nach langem Suchen endlich in einer Weinhandlung gefunden hatte. Sardinien. In den Sommerferien, vor oder nach dem Jugendarrest, würde er mit Jan zu Gianni, Giusi und Nino und dann nach Ghilarza fahren.

Am nächsten Morgen fing der Direktor den Lehrer, den er nicht verlieren wollte, im Eingangsbereich ab, flüsternd, ich komme in Ihre Deutschstunde, Sie haben das nicht gesagt. Und mit einer schwungvollen Drehung verschwand er, ohne dem Lehrer Broch die Möglichkeit zum Widerspruch zu geben.

In den ersten beiden Stunden hatte David Aufsicht bei der Klausur eines Kollegen. Er hätte lesen können. Er hätte korrigieren können. Aber er saß nur da, bewegte sich nicht, genoss es, Ungeordnetes an sich vorbeiziehen zu lassen. Nur manchmal hielt er einen Zipfel fest, Hannah, die sagte, er schwankt, dein Direktor, er schwankt hin und her und findet doch immer wieder den rechten Weg, und David wusste, dass er sich auf den weißen Wuschelkopf verlassen konnte, auch wenn er bei seinem „Ja, ich habe es gesagt" bleiben würde.

Entspannt ging er in die Pause, schaute kurz ins Lehrerzimmer, lächelte Anna herzlich zu. Die Flüsterecke beachtete ihn nicht, also war die Nachricht von der Anzeige gegen ihn noch nicht zu ihr gedrungen.

In der 10b würden es inzwischen alle wissen. Maximilian wird sich damit gebrüstet haben, ihr werdet sehen, seine Zeit als Lehrer ist vorbei.

Was David Broch sich ausgemalt hatte, war tatsächlich geschehen. Der Schüler Maximilian hatte sich gebrüstet, ihr werdet sehen, seine Zeit ist abgelaufen. Aber er war nicht so gut angekommen wie sonst. Selbst seine Anhänger schienen ihn von sich fern halten zu wollen. An dem Gruppentisch für sechs hatten sich fünf so breit gemacht, dass für den Sechsten, den Maximus, kaum noch Platz war. Abgerückt musste er sitzen.

Das bemerkte David noch nicht, als er die Tür öffnete und einen ersten Blick in die Klasse warf. Er sah nur, dass sie ohne zu fragen Tische und Stühle umgestellt hatten. Das gefiel ihm, auch wenn für diese Stunde keine Tischgruppenarbeit vorgesehen war, weil nicht gemeinsam gearbeitet, sondern die Ergebnisse vorgestellt werden sollten.

Die vorgesehene Stunde wird es vielleicht gar nicht mehr geben, sagte sich David, weil dieser sture Lehrer Broch ein Vorbild sein will und über sein vorbildliches Verhalten stolpern könnte. Der es verhindern wollte, der Direktor, strahlte in die Klasse hinein, so als sei er der Überbringer einer freudigen Botschaft.

Bleiben Sie sitzen, bleiben Sie alle sitzen. Schön, wie Sie da zusammen sind, Sie schauen sich an, Sie wollen miteinander arbeiten, zusammen, wie schön. Leider, ja leider – Kummer, oder war es Zorn, verdrängten das Lächeln, und der Direktor sprach nicht mehr weiter, er musste ankämpfen gegen ein Wort, das sich ihm aufdrängte, „denunziert" wollte er sagen, aber das durfte er nicht sagen, er musste sachlich bleiben, also wählte er „Anzeige erstattet", leider ist gegen Herrn Broch Anzeige erstattet worden. Er musste sich zusammennehmen, um seine Verachtung für den Denunzianten nicht in Ton und Haltung durchscheinen zu lassen, für den Schüler Maximilian, den er nun fragen musste, ob er sich sicher sei, dass Herr Broch das lange Fernbleiben der 10a gebilligt habe.

Die Antwort kam mit der dem Schüler Maximilian eigenen Lässigkeit – betont noch durch eine provozierende Haltung, die Hände hinter dem Kopf verschränkt, der Oberkörper leicht zurückgelehnt: Natürlich, es gebe ja auch Zeugen dafür.

Es meldeten sich keine Zeugen. Der Schüler Maximilian beugte sich vor, geduckt, zum Sprung bereit, zeigte unfein mit dem Finger auf zwei Mitschüler, schrillte, ihr wart doch dabei, ihr habt es gehört.

Nein, wir haben nichts gehört. Der Direktor versuchte mit funkelnden Augen und einer Kopfbewegung, die der eines pickenden Huhnes ähnelte, dem Lehrer Broch Worte in den Mund zu legen, nun bietet es sich an, das kann verwandelt werden, ganz leicht, er hat's nicht gesagt, ich hab's nicht gesagt, er soll das jetzt sagen. Es funktionierte nicht, da wurde die lockende Hand eingesetzt, um sie herauszuziehen aus dem Lehrer Broch, die erlösenden Worte, ich habe nicht ja gesagt.

David nahm sie nicht wahr, die funkelnden Blicke, die ihn leiten wollten, die lockende Handbewegung, die ihn verführen wollte, er sah nur das ermutigende Lächeln der Schülerin Amelie, und er lächelte auch, als er sagte, auf die Frage, ob ich es gut fände, was mein Sohn und die 10a machen, habe ich mit Ja geantwortet. Er brauchte nicht hinzuschauen, um die Unruhe des Direktors wahrzunehmen, sie übertrug sich auf ihn, und hastig begann er, sein Ja zu rechtfertigen. Es habe ihn empört und gereizt, dass der Schüler Maximilian kurz zuvor gezeigt habe, wie gleichgültig es ihm sei, dass Krieg Leben zerstört. Das ginge ihn nichts an, habe der Schüler gesagt. Daraus erkläre sich, dass er spontan ja gesagt habe, weil ihm schwänzende Schüler sehr viel lieber seien als gleichgültige. Das solle nicht heißen, dass er Schwänzen in jedem Fall billige, in einer anderen Situation hätte er sich differenzierter geäußert.

David hielt inne, überlegte einen Augenblick, wie weit er gehen wollte. Er konnte immer noch zurück. Er könnte sagen, sein Ja habe sich nur auf die „Botschaft" bezogen, das Fernbleiben missbillige er. Niemand würde als Lügner dastehen, er könnte sich weiter als ein „vorbildlicher" Lehrer fühlen, und auch der Direktor wäre zufrieden gestellt.

Bei den Gedanken sah er sich immer kleiner werden, auf die Größe eines Zwerges zusammenschrumpfen. Jan schaute traurig auf ihn herab, Amelie senkte den Blick, die vielen auf ihn gerichteten Augen wurden stumpf. Das gefiel ihm einfach nicht, und er sagte, was er wirklich dachte, dass das Verschwinden der 10a kein Schwänzen sei, sondern eine politische Aktion, die er voll billige. Als er das geschafft hatte, musste er keinem Blick mehr ausweichen. Als ein gelassener Lehrer bewegte er sich locker zwischen den Tischen, stolperte nur ab und zu über auf dem Boden abgelegte Taschen, erklärte und begründete seine Meinung, blieb stehen, wenn er etwas hervorheben wollte: Die Botschaften allein, hätten die so viel Aufmerksamkeit erregt? Sie wären vielleicht gar nicht an die Öffentlichkeit gelangt. Die Schule bringe „Affen eines kalten Gottes" hervor? Nein, nicht sie allein, aber sie trage dazu bei, wenn sie die Fähigkeit zum Mitleiden verkümmern lasse.

Am Ende der Stunde, als sie den Flur entlang gingen, hakte der Direktor sich bei ihm ein. Noch dazu reckte er sich und flüsterte dem Kollegen ins Ohr: Sie verstehen das doch, verstehen Sie, ich muss die Anzeige nun weiterleiten, verstehen Sie das, aber Sie müssen auch wissen, ich stehe zu Ihnen, ich werde Sie entlasten.

Sechzehn

Am Nachmittag ging David wieder zur Kundgebung am traurigen Geranienbrunnen. Es war die letzte. Der Platz war sehr voll, er musste in einer Nebenstraße stehen bleiben. Er suchte mit den Blicken Anna und Philipp. Als er sie entdeckte, winkte er ihnen heftig über die Menge hinweg zu, zum Zeichen, dass er sich gern mit ihnen treffen würde. Dann sah er Amelie aus der 10b, sie hob zögernd die Hand, eine Bewegung, die wohl ihm galt, und er streckte seine Hände hoch in die Luft, hoffend, dass sie seine Freude wahrnahm. Amelie war nicht mehr allein, zwei der Slam-Poeten standen bei ihr, und noch mehr bekannte junge Gesichter entdeckte David, bis die tiefe ruhige Frauenstimme ihn wieder fesselte, wieder die Botschaften in ihn einsenkte, ihn aufzucken ließ, als sie – Absicht oder Versehen – die verbotenen „Affen" wieder auf den Platz brachte. Es gab lang anhaltenden Beifall.

Dann folgte ein Beitrag der „Aktion Aufschrei" gegen die Waffenexporte, die „Händler des Todes", allen voran die deutsche Firma Heckler&Koch, durch deren Handfeuerwaffen in vielen Ländern, in Kriegs- und Friedenszeiten, unzählige Menschen ihr Leben verlieren.

Krieg wird es solange geben, wie jemand daran verdient, das war das Motto der letzten Rede, ruhig vorgetragen von Sarahs Großmutter.

Die Menge löste sich nur langsam auf. David sah Philipp und Anna auf sich zukommen. Anna wurde aufgehalten, beiseite gezogen von einer Schülerin, die ihr, so schien es, etwas ins Ohr flüsterte, einen Augenblick nur, dann verschwand das Mädchen, und Anna blieb stehen, mit einem verwunderten Lächeln.

Auf dem Weg zu dem dämmrigen kleinen Restaurant lächelte Anna immer noch, sie schien sehr glücklich zu sein, sie sagte nichts, und David und Philipp schauten sich an, was hat sie nur. Erst als sie saßen, an einem Tisch, den Anna ausgesucht hatte, ganz hinten in einer Ecke, flüsterte sie: Am Montag in der ersten großen Pause werden viele, hoffentlich viele Schülerinnen und Schüler ihre Schule verlassen und sich auf der großen Wiese des Stadtparks zu einer Kundgebung versammeln. Anna schaute Philipp und David erwartungsvoll an: Ja, sie müssen dabei sein, die 10a muss am Montag zur Kundgebung zurückkommen. Nicht wahr? Es ist eine so gute Gelegenheit für sie, wieder anzukommen. Die Frage ist jetzt nur, wie können wir sie erreichen.

David und Philipp hatten selbstverständlich immer wieder, seit nun fast drei Wochen, morgens, nachts, zu jeder Tageszeit, versucht den verlorenen Sohn, die verschollene Tochter zu erreichen, mit Anrufen, mit den kleinen schriftlichen Nachrichten, melde dich, ich mache mir Sorgen, geht es dir gut? Aber der liebe Teilnehmer, die liebe Teilnehmerin waren nie zu sprechen.

Anna ließ sich dennoch die Hoffnung nicht nehmen, dass bald ein Handy eingeschaltet sein würde. Sie spornte die beiden Väter an, versucht es, jetzt gleich, schreibt eine SMS: „WICHTIG!!! Melde dich", und David und Philipp holten ihre Handys heraus. Den Kellner, der die Bestellung aufnehmen wollte, schauten sie an, als käme er aus einer anderen Welt, ob die Herren etwas essen wollten, die Herren verstanden nicht, wovon er sprach, da wählte die Dame für die beiden mit und bestellte für alle drei Pappardelle mit Steinpilzen, und Rotwein natürlich.

Der Rotwein lockerte auf, beflügelte das Denken, denn die Aktion Rückkehr war noch nicht zu Ende gedacht. Eine längere Nachricht müsste eingetippt werden, eine an Jan, eine an Luisa: „Kommt am Montagmorgen zurück, stellt die Fahrräder hinter der Villa ab, Renata macht euch ein Frühstück, dann geht ihr zur Demo im Stadtpark, wir treffen uns am Ententeich." Wenn diese Verlockung sie erreicht, dann kommen sie sicher zurück, sagte Anna. Aber wenn sie sich nicht melden, vielleicht sollten wir dann…ja, wir sollten hinfahren, alle drei, morgen, wenn es dunkel wird.

Die Pappardelle wurden aufgetragen, und sie fanden erst die ihnen gebührende Aufmerksamkeit, als geklärt war, dass es nicht der Dunkelheit bedurfte, um sich dem Haus zu nähern, weil der schwarze Saab des Besitzers doch schon mehrmals dort gesehen worden sei. Aber es wäre ratsam, bei noch ausreichendem Tageslicht in das Grundstück einzudringen, denn eindringen müssten sie in der Tat. In der Mauer am hinteren, zum Wald gelegenen Teil gab es eine kleine Pforte, doch auch für die hatte Philipp keinen Schlüssel gefunden. Darum müsste einer hinüberklettern und dafür sorgen, dass das Einfahrtstor geöffnet würde. Philipp kam nicht in Frage, er hatte das Auto zu dem großen Tor zu fahren, David kannten nicht alle, also würde Anna ihre Kletterkünste beweisen müssen.

Als die drei sich endlich dem vollen Genuss der Pappardelle hingeben wollten, erinnerte der fürsorgliche David an die sicherlich schon fast am Hungertuch Nagenden im Schlösschen. Es wurde beschlossen, ihnen ein Picknick zu bereiten, ein sardisches, damit sie sich ein bisschen wie auf Sardinien fühlen könnten. Als nun auch Vorsorge für die Verhungernden getroffen war, schmeckten die letzten Gabeln voll Pappardelle besonders gut, und Anna und Philipp lehnten sich zufrieden zurück.

David konnte sich noch nicht entspannen. Sollte er ihnen erzählen von dem Schüler, der Anzeige gegen ihn erstattet hatte? Ja, sie waren Freunde, und er erzählte, und da brauchte Anna wieder einmal ein zweites Glas Rotwein, um ihren Zorn zu ertränken. Als David berichtete, dass er sein Ja zu der Aktion der 10a nicht verleugnet hatte, da schaute sie ihn sehr liebevoll an und drängte ihm ein Tiramisu auf. Sie wurde traurig, als sie hörte, was für Konsequenzen seine Standhaftigkeit haben könnte, eine Suspendierung, das bedeutete, dass sie ihren besten Kollegen verlieren würde. David war zuversichtlich und beruhigte Anna, eine Abmahnung werde er bekommen, mehr nicht. Seine Zuversicht wurde getrübt durch die dritte Nachricht des Abends. Philipp war auf seinem iPad herumgefahren und auf eine Schlagzeile gestoßen, „Schulschwänzer und deren Unterstützer müssen hart bestraft werden". In dem dazugehörigen Artikel wurde von amtlicher Seite bestätigt, was der gehorsam vorauseilende Journalist schon zwei Tagen zuvor geschrieben hatte. Die härtest verfügbare Strafe – 1000 €, Arbeitseinsatz oder Jugendarrest – müsse die verschwundenen Jugendlichen und vorhandene sowie potentielle Nachahmer treffen, da sie nicht nur gegen die Schulordnung verstoßen, sondern die gesellschaftliche Ordnung überhaupt in Frage stellen. Sich häufende Vorkommnisse von in Gruppen organisiertem Fernbleiben vom Unterricht in den letzten beiden Wochen gäben Anlass zu der Befürchtung, dass es sich hier um eine gefährliche Bewegung mit hohem Ansteckungspotential handele, die frühzeitig eingedämmt werden müsse.

David schüttelte nur den Kopf, aber nicht alle unangenehmen Gedanken flogen dabei hinaus, härteste Strafe auch für Lehrer, die Schwänzen gutheißen, das setzte sich fest. Gleich darauf schämte er sich, dass er den drohenden Jugendarrest für Jan, für die ganze Klasse weggeschüttelt hatte, die Strafe könnte ihre Zukunft verbauen. Er hatte den letzten Gedanken kaum ausgesprochen, da kam schon der doppelstimmige Einsatz von Philipp und Anna, wiederholte Beteuerungen, selbst nach einem Jugendarrest wären sie nicht vorbestraft, dem Freund aber, ihm müsse geholfen werden, mit allen Mitteln, wenn es zur Suspendierung käme.

Anna hatte es übernommen, für das Picknick einzukaufen, nach einer Liste von David, und sie war am

Sonnabendvormittag in den am Berg gelegenen Supermarkt gefahren, der eine reiche, gute Auswahl bot. Anderthalb bis zwei Kilo Pecorino sardo, ebenso viel von einer guten harten Mettwurst, Schinken, Cocktailtomaten, Oliven, Gewürzgurken, sechs lange Weißbrotstangen und leckere Kekse zum Nachtisch. Wein hatten die beiden Väter ihr nicht genehmigen wollen. Roten und weißen Saft, den David besorgen wollte, sollte es geben. Aber Anna wollte doch vier Flaschen Rotwein kaufen, für jeden ein Schlückchen, um den glücklichen Abschluss einer verwegenen Aktion zu feiern – sie nahm den Gedanken gleich zurück, das Ende war ja noch ungewiss.

Als sie mit dem vollen Einkaufswagen, aus dem die langen Stangen Weißbrot herausragten, auf der Suche nach den Keksen war, kam ihr der Kommissar entgegen, sichtlich erfreut sie zu sehen. Er zeigte auf seinen halbvollen Einkaufswagen, sagte, so als müsse er sich entschuldigen, sonnabends mache er gern den Einkauf für seine Familie, heute habe er endlich wieder einmal Zeit dafür. Dann blickte er auf den Wagen der Lehrerin, und Sie? Sie haben wohl viele hungrige Mäuler zu stopfen?

Anna hatte durch sein Geplauder Zeit genug gehabt, sich zu fassen und eine Erklärung für ihren vollen Einkaufskorb zu finden. Sie sei zu einer Gartenparty eingeladen und habe es übernommen, das Brot zu besorgen, schauen Sie doch einmal, meinen Sie, dass es reicht für zwanzig Personen? Merkwürdig lächelnd breitete der Kommissar die Arme aus, hielt zwischen den Händen eine unsichtbare Stange Brot, schätzte mit dem Kopf nickend Portionen ab, eine Stange für vier Personen, sechs Stangen reichen nicht für dreißig Hungrige, also müssen Sie noch zwei dazu nehmen. Danke, sagte Anna, und ging zurück zur Brottheke, und da erst fiel ihr auf, dass er Portionen für dreißig Personen, nicht für zwanzig, bemessen hatte.

Er weiß etwas, aber was. Sie geriet in Panik. Sie musste den Supermarkt so schnell wie möglich verlassen, bevor der Kommissar Verfolger auf sie ansetzen konnte. Eine Szene lief in ihr ab, bedrängte sie, wiederholte sich in immer düsteren Bildern: Gestalten in schwarzblauer Montur stürmten das Backsteinschloss, zerrten Jan, Luisa, Annika, Moritz, Antonia, Alex, Johanna, Tom, Michael – nein, Michael war ja nicht dabei – achtundzwanzig freundliche junge Menschen heraus, noch halb verschlafen, stolpernd, sich wehrend, erhobene Schlagstöcke, geduckt, verängstigt Paula, Leon, Nele, Markus, Natalie weint. Nein, dazu durfte es nicht kommen, sie musste es verhindern, der Kommissar, in der Schlange vor der Kasse da hinten, er telefoniert, er telefoniert schon, er fordert sie an, die Verfolger, bald sind sie da.

143,24 €, ihre Hände zitterten, als sie die EC-Karte herausnahm, sie der Kassiererin reichte. Die Pin-Nummer eingeben, wie ist sie doch gleich, vier Zahlen, die sich boshaft durcheinander schütteln. Was ist vorn, was hinten? Ein zweiter Versuch, kein dritter, die Nummer verweigert sich ihr. Das Geld im Portemonnaie reichte nicht ganz, sie gab eine Flasche Wein zurück

Dann sah sie, wie der Kommissar seinen Einkaufswagen stehen ließ, zurück zu den Regalen eilte, mit

138

einer Packung Waschmittel zurückkam und ihr fröhlich zuwinkte. Sie konnte nur mühsam eine Hand erheben und zurückwinken. Fast schämte sie sich, dass sie in einen derartigen Verfolgungswahn geraten war. Er hatte sicherlich nur mit seiner Frau telefoniert.

Sie wollte Philipp anrufen, einfach so, um sich wieder normal zu fühlen, um seine Stimme zu hören, dann erinnerte sie sich, dass er in einer Besprechung mit einem auswärtigen Autor war.

Sie hatte die Kekse vergessen. Sie verstaute den großen Einkauf in ihrem Auto, ging zurück und winkte diesmal locker dem Kommissar zu, rief laut über die Menge hinweg, ich bin so vergesslich. Dann entdeckte sie, was sie vorher nicht gesehen hatte, große, rot leuchtende Erdbeeren. Sie nahm sechs Schalen davon, suchte verschiedene Sorten Kekse aus, lief zum Weinregal und packte noch zwei Flaschen Rotwein in den Einkaufswagen. Dann ging sie zur Kasse und tippte, ohne nachdenken zu müssen, ihre Pin-Nummer ein.

Siebzehn

Am späten Nachmittag glitt der schwarze Saab auf einsamer Landstraße seinem Ziel entgegen, zwischen Laubbäumen, die sich träge im leichten Wind bewegten, zwischen sonnensatte Wiesen, bis ein zottiger Fichtenwald den Himmel verdeckte.

Anna, Philipp und David, alle drei waren ein bisschen zurückgefallen in kindliche Abenteuerlust, was sich bei Anna auch in der Kleidung ausdrückte, sehr verschlissene Jeans, über den schwarzen Locken ein pinkfarbenes Stirnband und bunte Sneakers.

Philipp hielt an einem rechts abgehenden Fußpfad an, sie stiegen aus, gingen an einer hohen alten Mauer entlang, stolperten über Wurzeln, bis sie zu der verschlossenen Pforte kamen, einem alten schmiedeeisernen Gebilde, leicht zu übersteigen, weil die Füße sich auf eisernen Ranken sicher stützen könnten. Sie blieben stehen, schauten wie drei Märchenwesen in einem verwunschenen Wald auf den zugewachsenen Pfad hinter der Gittertür. David, wie immer, sorgte sich. Anna, du wirst dich durch das Gestrüpp schlagen müssen, der sardische Gärtner ist da wohl noch nicht hingelangt, wirst du das schaffen, soll ich nicht lieber hinübersteigen? Aber da war Anna schon auf der anderen Seite, ich rufe euch an, wenn ihr kommen sollt.

Schwitzend und angeschmutzt nach einem ihr sehr lang vorkommenden Kampf mit knackendem Unterholz sah sie endlich rotes Backsteingemäuer durch die Bäume schimmern, und sie hörte Stimmen.

Es gab nicht nur bei Philipp Glück für sie. Ihr Gesicht entspannte sich in einem Lächeln, und sie ließ sich fallen in die vielen Arme, die sich ihr entgegenstreckten.

Es geht ihnen gut, es ist ihnen gut gegangen, nur waren sie etwas ausgehungert, und Anna dankte es dem Kommissar, dass er ihr zu noch zwei Stangen Brot verholfen hatte.

Hinter dem Haus auf dem weiten Picknickplatz, der umgeben war von mächtigen alten Bäumen mit dichtem Blattwerk, saßen sie auf Bänken an einer langen, reichlich gedeckten Tafel und aßen, nicht alle von allem, denn Oliven mochten einige nicht.

Zwischen einem Bissen und dem anderen gab es Fragen an die Lehrerin und die Väter zu dem, was „draußen" passiert war. Vieles wussten sie. Sie wussten von der „Soko Schwarzer Hund", die sie immer noch zum Lachen brachte, sie wussten von den Strafandrohungen, den Reaktionen der Behörden, das alles hatten sie auf ihren iPads gefunden. Was sie nicht wussten, war, dass Jans Vater nach Sardinien geflogen war. Vor allem Jan machte sich Vorwürfe, dass der Vater die vergebliche Reise gemacht hatte, es war ja seine Idee gewesen, ihren Aufenthalt auf Sardinien vorzutäuschen. Der Vater beruhigte ihn, es sei eine gute Reise gewesen. Er lächelte dabei, so wie jemand, der an etwas sehr Schönes denkt.

Als das Abendrot durch die Bäume schimmerte, rückten sie die Bänke in einem Kreis zusammen. Anna, David und Philipp wollten nun wissen, wie alles angefangen hatte, und Luisa begann zu erzählen.

Sie wollten anfangs nur für drei Tage verschwinden, gleich, nachdem der Direktor angedroht hatte, sie für drei Tage vom Unterricht auszuschließen. Alle wollten mitmachen. Dann kamen Einwände, was bringt das, es wird nur für kurze Zeit Aufregung geben, und alles bleibt beim Alten. Die Enttäuschung war groß. Da hatte Jan die Idee mit den Botschaften, in Abständen drei provozierende Botschaften an die Öffentlichkeit richten, nur das würde Sinn machen. Aber das würde auch bedeuteten, dass sie länger wegbleiben müssten. Da begannen die geheimen Treffen bei Luisa. Sie planten, diskutierten, überzeugten die Zaghaften von dem Sinn der Aktion nach außen und von dem Nutzen für alle beim gemeinsamen Lernen. Die Erinnerung an die Fahrtenwoche trug dazu bei, dass Ängste und Zweifel allmählich verschwanden.

Die erste Botschaft war an einem Nachmittag bei Luisa entstanden, gestärkt von Renatas Kuchen. Der Text war fast von selber gekommen, weil sie ja jeden Tag über das Spruchband *NON SCHOLAE SED VITAE DISCIMUS* liefen. Alle hatten ihn für gut befunden.

Die Idee zur zweiten kam von Jan. Auch Luisa wusste von Salvatore, was in seiner Heimat geschehen, warum sein Vater erkrankt war, und sie unterstützte Jan. Doch mitziehen konnten sie die anderen nicht so schnell, das ist zu weit hergeholt, was hat das mit uns zu tun. Als Jan und Luisa ihren ersten Entwurf des Gedichts vorstellten, blieben Kuchenstückchen in der Luft stehen. Als gar die „Affen eines kalten Gottes" hinzukamen, waren alle überzeugt und bastelten nun an dem Text mit, verbesserten, warfen hinaus – „Tod aus Deutschland" hatte da einmal gestanden, „Deutschland", sie hätten es gern stehen lassen, ein kleines Schandmal, aber sie wussten nicht sicher, ob die Uranmunition tatsächlich aus der Bundesrepublik gekommen war, darum musste „Deutschland" gestrichen werden. Tom wollte unbedingt noch zwei Zeilen aus Bob Dylans „Masters Of War" hineinbringen: *Ihr spielt mit meiner Welt / Als wäre sie euer kleines Spielzeug.* Das wurde lange diskutiert, aber es gelang ihnen nicht, es gut einzupassen. Als sie dann in dem Schlösschen waren, stand „Unheimlich schön" in den ersten drei Tagen noch auf der Abendordnung. Das Gedicht wurde immer wieder vorgelesen, und Änderungsvorschläge wurden geprüft. Dann, am vierten Tag, flog es nach Sardinien. Die dritte Botschaft zu formulieren war gar nicht so einfach gewesen, fast eine Woche haben sie immer abends daran gesessen, haben viel heraus geworfen, mehr Lehrerinnen und Lehrer, kleine Klassen, das ist eine so selbstverständliche Forderung, die brauchten sie nicht zu wiederholen.

Sie wollten die Botschaft schlank halten und vor allem den Bezug zu den ersten beiden hervorheben, die Verkümmerung des Mitleid.

Ganz streng eingehalten hatten sie den morgendlichen Nachhilfeunterricht für Sofia, Lukas und Tom, deren Versetzung gefährdet war. Bei Sofia und Tom war es die Mathematik, beide meinten nach vierzehn Tagen Unterricht bei Jan viel mehr verstanden zu haben und die eine Arbeit, die noch ausstand, zu schaffen. Lukas hatte von Antonia vorzüglichen Spanisch-Unterricht erhalten.

Ihr Deutsch-Pensum, so meinten sie, hätten sie durch die gemeinsame Arbeit an den Botschaften abgeleistet. Biologie? Was stand in dem Lehrplan für die 10. Klasse? *Die Schüler* – Schülerinnen gibt es nicht – *sollen lernen, ökologische und ökonomisch-gesellschaftliche Interessen sachgerecht abzuwägen.* Das hatten sie reichlich durch die Beschäftigung mit dem Salto di Quirra und der Uranmunition abgeleistet. Chemie, Geographie, ja sogar Geschichte war mit eingegangen, die Geschichte der Nato mit ihren unzähligen Standorten, besonders in Italien.

Einige hatten Lehrpläne studiert und sie den anderen genüsslich vorgetragen. Lehrpläne, wohl klingend und voll gestopft wie etwa der für Geschichte in der 10. Klasse mit vielen Soll-Vorschriften wie der folgenden: *Die Schüler sollen die Fähigkeit erwerben, die folgenden historischen Begriffe zu verstehen, analytisch anzuwenden und sich mit ihrer Hilfe in Geschichte und Gegenwart zu orientieren: Entspannungspolitik; Ostverträge; „68er-Bewegung"; Glasnost und Perestroika; Osterweiterung der EU.* Bei einer nur an Leistung ausgerichteten Schule könnte die Fähigkeit zu bewerten und zu verknüpfen gar nicht entwickelt werden, sie könnten da nur blind herum tappen in „Geschichte und Gegenwart", waren die spontanen Reaktionen der

144

Aufsässigen, und das war dann ja auch in ihrer dritten Botschaft zu lesen.

Die Englischstunden hatten viel Raum eingenommen. Jede, jeder hatte etwas zu Martin Luther King geschrieben und es einer kleinen Gruppe vorgestellt. Als die Texte für gut befunden waren, wurden alle in einer Mappe für Anna gesammelt. Als Zugabe hatten sie noch einige der Protestsongs von der Endkundgebung des *Civil Rights March von 1963* mit selbst verfassten Kommentaren beigefügt. Anna hatte ihnen im Anschluss an „I have a dream" einige der Protestlieder vorstellen wollen. Im Schlösschen war es Tom, der sie in die Songs einführte. Er hatte in der CD-Sammlung seines Vaters Bob Dylan und Joan Baez gefunden, hörte sie seit Wochen Tag und Nacht, hatte sich Texte aus dem Internet geholt. Er verstand es, die anderen für die fast vergessenen Lieder zu begeistern, Lieder, so wiederholte er immer wieder, die unheimlich aktuell seien. Bald fanden das die anderen auch und hörten gebannt zu, als es Tom gelungen war, „Masters Of War" und „*The* Times They Are A-Changin'" mit rauchig kratziger Stimme zu singen und auf seiner Gitarre die passenden Akkorde zu finden. Zusammen mit Johanna sangen sie „We shall overcome".

An einem Abend konnten sie nicht mehr singen, weil sie in einem schwarzen Loch gelandet waren. Die *Profiteure des Todes*, die *Masters Of War* schienen ihnen zu mächtig, unbesiegbar. An ihrem selbst geflochtenen Seil zogen sie sich schließlich wieder heraus: *Wir tanzen, wir tanzen in die Welt, wachsam*, und sie tanzten bis in die Nacht.

Es gab auch kleine schwarze Löcher. Streit über das Essen, die Hausarbeit.

Es gab große und kleine persönliche Probleme, und sogar Heimweh. Markus wollte nach vier Tagen nach Hause, er wurde ausgelacht, das war gar nicht schön, und es bedurfte vieler Gespräche und Umarmungen, um Trost und Frieden zu schaffen. Auch das sei gut gewesen, auch dabei hätten sie viel gelernt.

Anna wollte wissen, ob sie nicht Angst vor der Rückkehr hätten, es werde Strafen geben. Nicht alle Lehrer und Lehrerinnen würden sich freuen, sie wieder zu sehen. Auch einige Eltern seien ungehalten, weil sie so lange weggeblieben seien, die Rückkehr werde nicht leicht sein.

Angst hatten sie nicht, nicht vor Sozialarbeit oder gar Jugendarrest, auch nicht vor Lehrern, sie würden zusammenhalten und sich wehren. Aber allein zu Hause, den Vorwürfen der Eltern ausgesetzt, das würde für einige nicht leicht sein.

Marie. Anna hatte schon überlegt, ob sie die so oft Geschlagene mit zu sich nehmen sollte, aber das war rechtlich nicht möglich, und vielleicht auch nicht mehr nötig. Marie war verändert, sie wirkte selbstbewusst, fröhlich, sie habe keine Angst mehr vor dem Vater, sagte sie, und Anna nahm ihr das Versprechen ab, ihr sofort zu sagen, wenn der Vater sie noch einmal schlage, dann würde das Jugendamt eingeschaltet, nein, ihr drohte dann nicht der Aufenthalt in einem Heim, es würde sich sicher eine andere Lösung finden.

Sie hatten beschlossen, am Sonntag zurück zu fahren, sich den letzten sechs Wochen Schule zu stellen, den Klassenarbeiten und Abschlusstests, die nun auch Lukas, Sofie und Tom zur Versetzung verhelfen sollten. Als sie aber von der geplanten Kundgebung am Montag im Stadtpark erfuhren, jubelten sie: Rückkehr in den Kreis von Solidarischen auf der großen Wiese im Stadtpark! Und vorher ein Frühstück in der Villa. Also würden sie erst am Montag in der Frühe losfahren. Wenn es nur für den Sonntag etwas Vernünftiges zu essen gäbe! Luisa und ihr Vater hörten die Klage und machten sich schnell auf den Weg zu einem Supermarkt, der bis 24 Uhr geöffnet hatte.

Es gab noch ein kleines, leicht zu lösendes Problem. Tobias und sein schwarzer Hund mit den vier weißen Pfoten. Der Hund könne nicht dreißig Kilometer hintereinander laufen. Auf dem Hinweg, als noch nicht nach vier weißen Pfoten gesucht wurde, hatte Tobias einige Pausen eingelegt, um den Hund ausruhen zu lassen. David bot sich sofort an, am Sonntagabend mit dem Auto zu kommen und den Hund und sein doch nicht missratenes Herrchen bei sich aufzunehmen und am nächsten Morgen in die Villa zu bringen.

Achtzehn

Ein schwarze Hund mit vier weißen Pfoten – zwei Meldungen waren am Montagmorgen bei der Vermisstenstelle eingegangen. Er sei in der vergangenen Nacht deutlich zu sehen gewesen, unter einer Laterne im Stadtpark, der schwarze Hund mit den vier weißen Pfoten. Dann sei ein Pfiff zu hören gewesen, und der Hund sei im Dunkeln verschwunden, die weißen Pfoten waren noch länger zu sehen, so die erste Aussage. Die zweite war mit genauen Angaben zu Ort und Zeit versehen: Der Hund sei hinter dem Einfahrtstor zu der unter der angegebenen Adresse zu findenden Villa gesehen worden, um 8.24 Uhr. Die angegebene Adresse war dem Kommissar bekannt.

Es gab noch eine Meldung, um 8.30 Uhr. Ein anonymer Anrufer, eine jugendliche Stimme, teilte mit, dass ab 9.30 Uhr auf der großen Wiese im Stadtpark eine Schülerdemonstration stattfinden werde. Da müsse schnellstens Bereitschaftspolizei heran, verkündete der oberste Dienststellenleiter dem Kommissar, die am Ort stationierte Hundertschaft solle in kleine Trupps aufgeteilt werden, strategisch günstig positioniert, in der Nähe berüchtigter Schulen, um den zu erwartenden Sternmarsch aufzuhalten. Falls das nicht gelinge, solle eine Einkesselung auf der Wiese erfolgen.

Die Kundgebung sei nicht angemeldet und noch dazu erfordere die jüngste Verfügung gegen das Schwänzen ein scharfes Durchgreifen. Darum sei es notwendig, Verstärkung von benachbarten Standorten anzufordern, das müsse sofort geschehen.

Warum nur haben sie solche Angst vor protestierenden Jugendlichen, sagte der Kommissar mehr vor sich hin als zu seinem Vorgesetzten. Laut sagte er, ich halte Ihr Konzept für falsch, überlegen Sie es sich, wollen Sie, dass auch unsere Stadt bald dasteht als eine, die sich an Kindern vergeht? Dann entschuldigte er sich, er werde an dem Einsatz nicht teilnehmen können, da er Hinweise auf die Vermissten erhalten habe, Hinweise, denen er unverzüglich nachgehen müsse. Insgeheim bedankte er sich bei den Anrufern, die einen schwarzen Hund gesehen hatten. Er würde dem nicht nachgehen. Er würde Luisas Vater in der Villa keinen Besuch abstatten, so gern er sich auch mit ihm unterhalten hätte, einfach so, auch mit der Lehrerin und dem Vater, der seinen Sohn nicht auf Sardinien gefunden hatte. Vielleicht würde er sie im Stadtpark finden zusammen mit den Vermissten. Mindestens zwei Indizien sprachen dafür, dass sie zurückgekehrt waren, der Großeinkauf der Lehrerin Herzberg am Sonnabend und der schwarze Hund im Garten der Villa. Die „Soko schwarzer Hund" hatte außerdem gerade herausgefunden, dass Luisas Vater ein Schlösschen, nur dreißig Kilometer entfernt, gehöre, da müssen sie die ganze Zeit gewesen sein, dachte der Kommissar, und er hoffte, dass sie dort nicht mehr waren, dass er nicht eine Einheit der Bereitschaftspolizei zu einem roten Backsteingebäude schicken müsste.

Am liebsten würde er sein Wissen darüber unter den Teppich kehren, der war in seinem Amtszimmer allerdings ziemlich klein und dünn.

Gegen halb neun waren sie angekommen, als erste windzerzaust auf ihren Rennrädern Moritz, Sarah und Alex, dann nach und nach alle anderen mit zart getönten oder kräftig roten Apfelbäckchen.

Luisas Vater hatte seine Termine absagen lassen, weil seine Aufgaben als Frühstücksproviantmeister, Krankenfahrer für Michael mit dem Gipsbein und ab zehn Uhr als fürsorglicher Beobachter im Stadtpark ihm wichtiger waren. Nachdem einundvierzig Croissants (mehr hatte der Proviantmeister nicht bekommen können) verspeist worden und Schinken, Butter, Brötchen, Marmelade im Nu verschwunden waren, gab es Anrufe an die Eltern, es geht uns gut, wir sind gleich auf der großen Wiese im Stadtpark. Dann erfolgte eine kleine Beratung darüber, ob es besser sei, nach und nach durch die hintere Gartentür in den alten Park hinauszuschlüpfen oder sich geschlossen als die 10a, die Verschwundene, nun wieder Aufgetauchte, auf den Weg zu machen.

Sie entschieden sich für den Mittelweg. Nicht weil der Mittelweg immer der sicherste wäre (was er nicht ist, denn er kann auch den Tod bringen, wie bei einem kürzlich preisgekrönten deutschen Dichter nachzulesen ist), aber in diesem Fall waren die extremen Positionen abzulehnen. Die Geheimnistuerei, das Hinausschlüpfen durch die Hintertür machte keinen Sinn mehr, und das Auftreten als „die" 10a war zu theatralisch. Sie wollten keine Helden sein, sondern sich einfach wieder in den Alltag eingliedern, zu ihrer Freude in keinen gewöhnlichen Schulalltag, sondern sich mit vielen anderen zusammenfinden, die wie sie nicht mehr alles dulden wollten.

Viele setzten sich in Bewegung, als in den dreißig allgemein bildenden Schulen der Stadt die zweite Unterrichtsstunde zu Ende war. Sie bewegten sich nicht in die in Pausen erlaubte übliche Richtung, hinter die Gebäude auf den Hof, sondern nach vorn auf die Straße. Lehrerinnen und Lehrer, die Hofaufsicht hatten, konnten, selbst wenn sie zu zweit waren, die unbekümmert das Schulgrundstück verlassenden Jugendlichen nicht aufhalten. Einige Aufsichtsführende versuchten mit dem Mut der Verzweiflung ihrer Pflicht zu genügen und Tore und Pforten zu schließen, mit ihrem Körper zu verriegeln, aber selbst wenn ihnen das gelungen war, schafften sie es nicht, den Schlüssel in die dazu passende Öffnung hineinzustecken, sie wurden immer wieder abgedrängt, sanft, nicht mit brutaler Gewalt. Die gab es nur dort, wo aggressiv strebende Schüler die Lehrer unterstützten und hinausdrängende Schülerinnen und Schüler mit Prügeln – es sollen auch Baseballschläger gesehen worden sein – zurückzudrängen versuchten.

Als schon lange niemand mehr da war, der hinausdrängte und hätte zurückgedrängt werden müssen, kamen vor einigen Schulen verirrte Schwarzblaue von der Bereitschaftspolizei an, Hilfe, die nun nicht mehr gebraucht wurde. Darum folgten die Behelmten einem neuen Befehl – die zukünftigen Landesfeinde aufhalten, einfangen, erfassen. Infolgedessen versuchten Schwarzblaue in trainiertem Einsatzgalopp die Schulflüchtigen einzuholen, die ihnen aber schon weit voraus waren. Der Pflichteifer der Eingesetzten führte zu einem für die internationalen Beziehungen peinlichen Zwischenfall. Neun Schwarzblaue, die von drei Seiten aufeinander getroffen waren, stürzten sich auf sieben bunt gekleidete junge Österreicher, die sich weigerten, ihre Ausweise zu zeigen, weil es bei ihnen zu Hause keine Ausweispflicht gibt, und die daraufhin zur nächsten Wache gestoßen und inhaftiert wurden. Das führte später zu einer Klage.

Die Lehrerin Anna Herzberg und der Lehrer David Broch hatten pflichtbewusst, aber etwas abgelenkt in den ersten beiden Stunden ihren Unterricht erteilt, hatten so getan, als nähmen sie die Spannung unter den Schülerinnen und Schülern, das Geflüster *Demo, Demo,* nicht wahr. Sie warteten die dritte Stunde ab, nicht im Lehrerzimmer, sondern versteckt hinter einem Fenster im Erdgeschoss. Sie schauten auf die vielen, die den Schulhof verließen, gingen mit dem Läuten zu ihren Klassenräumen, aber schon nach fünf Minuten erschienen sie im Sekretariat, um zu melden, dass ihre Klassen nicht da seien.

Der Direktor wollte die leeren Räume diesmal nicht sehen. Ach gehen Sie, gehen Sie schon und beaufsichtigen Sie Ihre Zöglinge da, wo sie sind, winkte er ab.

Anna und David erreichten noch eine letzte Welle von Schulflüchtigen, eine Welle so breit, dass sie vom zu engen Bürgersteig auf die Straße überschwappte. Die Beiden blieben hinter den Schülerinnen und Schüler, um sie vor möglichen Verfolgern zu schützen. Die aber waren nicht in Sicht.

Von allen Seiten waren Buntgekleidete in den Park geströmt, zwischen die trauernden Weiden, an den kleinen milchig grünen Ententeich, zwischen die mächtigen Buchen, die frühlingszarten Büsche, auf die große Wiese.

Tom war vor allen anderen angekommen. Mit seiner Gitarre saß er auf einer Bank unter den Weiden, und er sang von den steigenden Wassern. *Leute, versammelt euch… bald werdet ihr bis auf die Haut nass werden….untergehen wie ein Stein…denn die Zeiten ändern sich…* Er war nicht weit zu hören, die Verstärkeranlage war noch nicht angekommen. Kleine und Große drängten sich dicht um ihn, auch weil sie ihn erkannt hatten, er war einer von den Verschwundenen. Nicht alle verstanden, warum er so traurig und böse sang. Nicht alle verstanden, worum es ging, denn Martin Luther King, Bob Dylan und Joan Baez standen nicht auf dem offiziellen Lehrplan. „We shall overcome", das kannten doch einige, und sie sangen mit, als Johanna der sie lockenden Gitarre folgte, *we shall overcome,* sanft singen gegen den Rassismus, der wieder stärker wird, hilft das. Johanna versuchte ihre Verzweiflung nieder zu singen, aggressiv, sie machte aus dem hoffnungsvollen Song ein aufreizendes Drohlied.

Wogegen? Fünfzig Jahre nach 1963 war die Front so mächtig und allumfassend, dass sie fast unsichtbar geworden war. *Come gather 'round people*, sang die raurotzige Stimme wieder.

Auf die grüne Wiese waren so viele gekommen, dass kein Grün mehr zu sehen war.

Wie schön. Anna breitete die Arme aus, so als wolle sie alle Welt umarmen.

Unheimlich schön, sagten David und Philipp fast gleichzeitig.

Hinter den Büschen, zwischen den Bäumen waren die Schwarzblauen zu sehen, überall, rundherum.

Inhaltsverzeichnis

UNHEIMLICH SCHÖN